「ねえテアくん、これは風流で良いんじゃないかしら？」
ミヤ・サミュエル（26歳）
テアの訓練生時代の教官。今までは年下のテアに甘えがちだったが、彼のために家事をすることを決心して……!?
甘えてくる年上教官に養《やしな》ってもらうのはやり過ぎですか？3
amaetekuru toshiuekyokanni yashinattemoraunoha yarisugidesuka?

「ではご主人様、私のお膝に頭を乗せてくださいますか？」

「わしはテアのそばにおることを選ぶぞ」

サタナキア(???歳)

極星十三将軍《ノックスジェネラル》の一角。不遜な性格で、たびたびテアの前に現れる。悪魔ながらもテアの王の血の力を取り戻すための手助けをしてくるが、その真意とは。

甘えてくる年上教官に養ってもらうのはやり過ぎですか？3

神里大和

ファンタジア文庫

2928

口絵・本文イラスト　小林ちさと

目次

序章　いつかの記憶《きおく》

あう、あう、とまだ言葉を話せない赤《あか》ん坊《ぼう》が、《誰《だれ》か》に抱《だ》かれていた。

赤ん坊と、《誰か》。

薪《まき》がくべられた暖炉《だんろ》の手前、木製の揺《ゆ》り椅子《いす》に座る《誰か》に抱かれながら、その赤ん坊は機嫌《きげん》が良さそうだった。

俺はその様子を俯瞰《ふかん》して眺《なが》めていた。

だからすぐさま、これは夢だと分かった。

現実ではなく——夢。

夢の光景。

《誰か》に抱かれている赤ん坊は、もしかしたら俺——なのかもしれない。

物心がついたとき、俺は気が付けば帝都《ていと》の森に捨て置かれていた。

物心がつく前の自分がどこで何をしていたのか、俺はまったく分からない。

この夢はひょっとすると、自分の知らない記憶？

改めて眺める。
落ち着いた室内。
揺り椅子に座る《誰か》。
その手に抱かれた俺と思《おぼ》しき赤ん坊。
『テア』
赤ん坊に向けて、揺り椅子の《誰か》がそう言った。
やはりあの赤ん坊は俺、なのか。
テアという名前は、帝都の森に捨て置かれた俺が唯一《ゆいいつ》覚えていた情報だった。
名前を呼ばれた赤ん坊は、さすがにまだ名前というものを理解してはいなさそうだが、
それでも楽しそうにきゃっきゃっと笑っていた。
俺を抱く《誰か》も、そんな俺と同じように優《やさ》しく笑っているのだろうか。
表情は読めない。
そもそも見えない。
不思議なことに、俺を抱く《誰か》のシルエットにはモヤがかかっていた。
全身がモヤに包まれ、性別さえ分からない。
しかし声を聞く限り、恐《おそ》らくは女性だった。

母親——なのか？

両親の顔なんて俺は知らない。

最近になってルシファーの血を引いていることが判明したが、ならばそのルシファーに愛された女性こそが、この《誰か》だというのか？

あるいは、母親ではない別人？

そもそもこの夢は、正しい記憶なのか？

まったくのデタラメなのか？

あれこれ考えているうちに、目の前の景色が薄《うす》れ始めた。

赤ん坊の俺と、そんな俺を優しく抱く《誰か》。

その光景が薄れ、遠のいていく。

目覚めのときが近いのかもしれない。

（…………）

もしこれが偽《いつわ》りの記憶であるならば、これほどどうでもいいことはないだろう。

しかし仮に偽りの記憶ではないのだとしたら。

これが正しい記憶であるならば。

これは俺のルーツに近付く重要な証拠《しょうこ》に他《ほか》ならない。

ただでさえ俺には昔の記憶がない。

人間領で暮らし始めてからの、《忌《い》み子《ご》》テア・フォードアウトとしての記憶しか持っていない。

だからもっと見せてくれ。

勝手に終わらないでくれよ。

俺は知りたいんだ。

俺がルシファーの血を引く理由を。

ルシファーが人と交わった理由を。

そして俺を手放した理由を。

——

しかし、夢の景色は薄れていく。

遠のいていく。

——やがて気が付けば。

俺は自室のベッドで目覚めていた。

第一章　寝《ね》ぼすけのために出来ること

「今の夢は……」
そう呟《つぶや》きながら上体を起こす。
ミヤ教官の家。
その一室である俺の部屋。
寝起きだというのに、俺の意識は割とハッキリしていた。
あんな夢を見ていた影響《えいきょう》だろうか。
——あんな夢。
物心がつく前の、それこそ赤ん坊だった頃《ころ》の記憶を抜《ぬ》き出したような夢。
俺自身が知らない幼き日の風景。
ルーツを知る上で重要な記憶。
だが夢の中でも思ったことだが、今の夢が正しい記憶である保証はない。
自分とは無関係な光景かもしれないのだ。

結局のところ、今の夢を頼《たよ》りにして俺自身の過去を知ることは出来そうになかった。

「……起きるか」

一旦《いったん》夢のことは忘れて、いつもの行動を起こすことにした。

――使用人。

教官の家で、俺はそのような役割をこなしている。

だから今日も早く起きて準備をしなければならない。

家事炊事《すいじ》よりも先に、まずは日課の走り込みに出かけるつもりだが。

「ん……？」

しかし部屋の外に出たとき、俺は違和感《いわかん》を覚えた。

この家には現状、俺の他には家主の教官と、依然《いぜん》として居候《いそうろう》中のサラさんが居るはずだが、両者の気配が感じられない。

とても静かだった。

少しイヤな予感がする。

まさかそんなはずがない、と思いつつ居間に向かう。

するとやはり誰も居なくて……。

それから柱の時計を確認《かくにん》してみれば、いつもより約二時間も遅《おそ》く起きていることが発覚して、俺は絶句した。

（やってしまった……）

完璧《かんぺき》な寝坊《ねぼう》だった。

なぜだろう、夜更《よふ》かししたつもりはないのだが。

「……あの夢のせいか？」

あんなにも俺の興味を引く夢だったがゆえに、俺は夢が続くことを渇望《かつぼう》してしまったところもある。短いように見えて実は長大な時間、あの夢を見ていたのかもしれない。

まあ言い訳はしない。

寝坊は寝坊だ。

教官に申し訳ない……。

そう思っていると、テーブルの上に書き置きを見つけた。

そこには教官の字で、こんなことが書かれていた。

『テアくんへ
寝坊だなんて珍《めずら》しいね？　メッ、て叱《しか》ってあげたいところだけど、気持ち良さそうに寝ていたから起こさず仕事に行ってきます』

「……起こしてくれて良かったんですけどね」

気遣《きづか》いはありがたいものの、教官は俺に甘過ぎやしないだろうか。

書き置きにはまだ続きがあった。

『そうそう、姉さんも素材の調達か何かに出かけるみたいだから、目覚めてこれを読んでいるとき、テアくんは多分一人だと思うの。寂《さび》しいかもしれないけど、夕方には帰れるはずだからそれまでいい子で待っててちょうだいね。今日はテアくんの大好きなプリンを買って帰ろうと思います』

寝坊を責める一文はひとつもなく、なんならプリンを買ってきてくれるという優遇《ゆうぐう》ぶり。仏かあなたは？

書き置きにはまだ続きがあった。

『あ、ひとつ言っておくけど、私の留守中にシャローネちゃんやエルザを連れ込んだらダメだからね？　テアくんにはまだ早いわ』

連れ込みません。

『それと火の取《と》り扱《あつか》いには気を付けるようにね？　テアくんが火傷《やけど》したらイヤだし』

分かってます。

『出かける場合は戸締《とじ》まりをしっかりね？　テアくんの大切な物品を守るためだから』

なんか、俺のためにめちゃくちゃ注意を促《うなが》してくるな……。

『あと、もし具合が悪くて寝坊したんだったら病院にはちゃんと行くようにしてね？』

いやさすがにそこまでのことじゃないですし……。

『ん～、なんだか書き置きを書いていたら心配になってきたわね』

え？

『お仕事休もうかしら』

それは過保護過ぎですよ教官！

『いや、やっぱりお仕事には行ってくるわ。テアくんが不自由なく生活出来るようにお金をたくさん稼《かせ》がなきゃいけないものね』

そこは自分のために稼ぎましょうよ！

『あ、それから』

まだ何かあるんですか……、と次の文面に目をスライドさせる。

するとそこには――

『愛してるわテアくん。じゃ、また夕方にね』

というシメの言葉が記されていて。

それはなんてことない定型文の一種で、他意はないのだろうが、それでも――愛してるわ、という言葉の破壊《はかい》力は高く、俺は一人で勝手に赤面してしまう。

気持ち悪いかもしれないが、ニヤニヤもしてしまう。

それと同時に、ズルい人だな、とも思ってしまう。俺の好意を知っておきながら、そしてそれを受け取らずにはぐらかしたまま、こんな言葉を書けてしまうだなんて。

まあ、この言葉は本当に他意のない定型句であって、何ひとつとして悪意やいたずら心はこれっぽっちも込《こ》められていないのだと思われる。

しかしだからこそ、

(……タチが悪いというか)

良くも悪くも純真で、無垢《むく》で、天然なのだろう。

そして。

そんな教官のことが好きだからこそ、このタチの悪さを批判出来ない。

「……これぞ教官だな」

愛してるわ、の文面を今一度眺《なが》め、苦笑《くしょう》を漏《も》らす。

いずれにせよ、この言葉をいつか、教官から好意と共に面と向かって言われる男に俺はならなければならない。にもかかわらず寝坊とは情けない。

寝坊した分、今日は気合いを入れて物事に取り組もう。

そう考えていると、

「あれ……？」

書き置きの紙が二重になっていることに気付く。もう一枚、書き置きがあったらしい。

「サラさんのモノか」

教官の字がいわゆる丸文字だとすれば、サラさんの字は達筆。

だからひと目見て、これがサラさんの残したモノだと分かった。

俺は一応、サラさんの書き置きにも目を通す。

そこにはこんなことが記されていた。

『愛《いと》しのテアくんへ
お寝坊さんをしちゃった悪い子にはお仕置きが必要だよね？

というわけで、にひひ、お出かけ前にちゅーってしといたから。

どこにしたかは内緒《ないしょ》♪

あ、このこと自体、ミヤには内緒にしといてね？』

「………………」

とりあえず。

サラさんの前では二度と寝坊すまい、と俺は心の奥底で固く誓《ちか》うのだった。

歯を磨《みが》いたりして気を取り直したのち、俺は洗濯《せんたく》と掃除《そうじ》を済ませ、それから出かけることにした。戦闘衣《せんとうい》に着替《きが》え、狙撃銃《そげきじゅう》を担《かつ》いで、教官の家をあとにする。

外は暑かった。

夏が本格化している。

イヤになるが、嫌悪《けんお》しても涼《すず》しくはならないので我慢《がまん》。

ともあれ外出だ。

悪魔《あくま》狩《が》りの任務に出向くわけではない。今日は葬撃士《そうげきし》協会の帝都《ていと》中央支部主催《しゅさい》で、所属の若手葬撃士たちによる特別演習が行なわれる。

俺は《自由枠《わく》》に分類される葬撃士なので、俗《ぞく》に言う無所属のフリーランスだ。

通常ならその演習に参加する必要はないのだが、体の調子を少しでも整えるために以前参加を希望し、了承《りょうしょう》してもらえたのだった。

演習地は帝都郊外《こうがい》の森。

教官の家からはほど近く、ゆえに一〇分も歩いているとたどり着いた。

「あ、テアだっ。やっほー！」

一〇〇人近い若手葬撃士が集まっている中、俺の存在に気付いたシャローネが手を振《ふ》りながら走り寄ってきた。今日も今日とてちんまい奴《やつ》である。

「なんだと？」「テアが参加するって？」「聞いてないぞ」「こりゃ優勝は無理だな」

そして俺の姿に気付いた他の面々が、口々にそんなことを言い出していた。

「あは、みんなテアが来て迷惑《めいわく》そうだわ」

「今の俺はたかが知れてると思うけどな」

「それでも強いから、みんなしてあんな反応なんでしょうが。ただの演習だったら普通《ふつう》に受け入れられたと思うけど、今日はそうじゃないしね」

今日はそうじゃない。

──特別演習。

「バトルロイヤル、だったか？」

「そうよ、目の前の森でね。三人ひと組のチームが三三枠参加する予定だったかな」

とのことで。

すなわち、三三チームが最後の一チームになるまで殺し合う、は言い過ぎだが、模擬戦《もぎせん》を繰《く》り広げるデスマッチ。

それが執《と》り行なわれる予定だった。

俺はシャローネ、エルザとチームを組むことになっている。

「そういえばエルザはどこだ？」

「ここ」

感情のない、ぼそりとした声が聞こえてきた。

どこだよ、と思いながら辺りを見回していると、夏の晴天日だというのに雨天活動時に羽織るバトルコートをしっかりボタンを留めた状態で着用中のエルザが歩み寄ってきた。

「なんだその格好……。暑くないのか？」

「中に何も着てないから平気」

「馬鹿《ばか》か？」

「テアにだけ、ちょっと見せてあげる」

そう言ったかと思えば、バトルコートの足元を若干《じゃっかん》めくるエルザ。

いつもなら黒タイツやスカートの裾《すそ》が見えなければおかしいが、今日はナマの膝《ひざ》や太ももしか見えなかった。……こいつ、本当に何も身に着けていないのか。

「テアが望むならここでコートを脱《ぬ》いで裸《はだか》を晒《さら》しても構わない」

「やめろ」

「テアは自分の女が視姦《しかん》されたら興奮するタイプじゃないの？」

「違《ちが》う」

「む……もう少しアブノーマルになってもらわないと困る」

何言ってんだこいつ。

「ちょっとエルザ！　これから特別演習なんだからふざけるのはやめてよね！」

見かねたシャローネが注意するものの、エルザは無表情の澄《す》まし顔。

「無個性おチビは黙《だま》ってて欲しい」

「は？」

「おチビは地味だからテアにふさわしくない」

「な、なんですってぇ……！」

酷《ひど》い言われようのシャローネがこめかみの血管をピキピキさせていた。

相変わらずの犬と猿《さる》。

天聖祭《てんせいさい》の最後にフォークダンスを共に踊《おど》った効果はなかったようだな。

いがみ合うエルザとシャローネをよそに、ぼちぼち特別演習を始めるという通達がなされた。各チーム初期配備位置に移動せよ、との指示も与《あた》えられる。

「ほら、お前ら喧嘩《けんか》してる場合じゃないぞ。エルザはさっさと着替えろ」

「ん。テアがそう言うならそうする」

そう言って茂《しげ》みの陰《かげ》に向かうと、一分ほどでいつもの格好のエルザが戻《もど》ってきた。

「おチビ、せいぜい足を引っ張らないように」

「ふんっ、あんたこそ足を引っ張るんじゃないわよ。テアが間に入ってなきゃ、あんたとなんか組んでないんだからね」

「その台詞《せりふ》、そっくりそのままお返しする」

……煽《あお》ることでしか会話出来ないのかこいつら。

呆《あき》れつつ、俺は二人を引き連れて森の奥に向かう。

各チームごとに初期配備の位置が違うので、そこまで移動するのだ。全チームが同じ場所からスタートしたらその場が地獄絵図《じごくえず》になって戦略も何もあったもんじゃなくなる。それを避《さ》けるための措置《そち》だという話だ。

森の中は木陰《こかげ》まみれなので、少しは涼しく感じられた。

夏場の演習地としてはふさわしいのかもしれない。

そしてこの森は、俺が捨て置かれていた森でもある。

「…………」

当時——五歳ほどだった俺は、気が付くとこの森の中に居た。

その後、行くあてもなく、しばらく帝都をさまよった結果、いつしか忌《い》み子《ご》のための孤《こ》児院《じいん》に拾われていた。

だからこの森が、俺の人生が始まった場所と言っても過言ではない。

しかし俺という命が本当に始まったのは当然ながらもっと昔、ここではないどこか。

あの夢が思い起こされる。

――テア。

そう呼んでくれた《誰《だれ》か》に抱《だ》かれ、笑っていた赤《あか》ん坊《ぼう》の俺。

あの光景は所詮《しょせん》夢でしかないのか？

あるいは本当の記憶《きおく》なのか？

「――テア、止まって止まって」

シャローネのそんな声に意識が引き戻された。

「ここがあたしたちの初期位置だから、これ以上は行き過ぎ」

「……そうか」

どうやらいつの間にか到着《とうちゃく》していたらしい。

「なんかぼーっとしてたけど、大丈夫《だいじょうぶ》？」

「ああ、問題ない」

ひとまず夢のことは忘れよう。

「始まりの合図はあるのか？」

「サイレンが鳴る」

エルザが教えてくれた。

俺は狙撃銃を肩《かた》から外し、手に持つ。配られた模擬弾《もぎだん》を装塡《そうてん》する。実弾は使えない。近接武器も刃物《はもの》は制限され、鈍器《どんき》だけがかろうじて普通に使える状態らしい。いずれの武器も頭を狙《ねら》うのはNGだが、それさえ守れば戦意を放棄《ほうき》するまで叩《たた》きのめして構わないとのこと。

そんなルールで最後の一チームまで生き延びれば勝利。

「わたし、これで勝ったらテアに告白する」

「負けフラグを立てるんじゃないわよ！」

そんなやり取りを聞いていると——女性の悲鳴にも聞こえる甲高《かんだか》い音が鳴り響《ひび》いた。

サイレン。

多人数デスマッチ——バトルロイヤル開始の合図だった。

「こそこそと隠《かく》れて生き残るつもりはない。最初から攻《せ》めて行くぞ」

俺の言葉に二人が頷《うなず》く。

そんなわけで、進攻《しんこう》を開始した。

「うおっ、フォードアウトだ！」「凸《とつ》スナかよ！」「舐《な》めやがって！」

開始から三〇分。

俺たちは着々と相手チームを葬《ほうむ》っていた。

今もまた遭遇《そうぐう》した。

こいつらを倒《たお》せば、潰《つぶ》したチーム数は一四となる。

俺たちの構成は俺とシャローネが前衛、エルザが後衛である。

「おいフォードアウトてめえよぉ、凸スナとは随分《ずいぶん》と悠長《ゆうちょう》だな？」

敵チームの一人が怒《いか》りの表情で食ってかかってきた。

凸スナとは突撃《とつげき》スナイパーの略だろう。

普通なら後衛を陣取《じんど》るべき狙撃手が前衛をやっているというのは、相手方からすると舐められているように感じるのかもしれない。

「凸スナでもお前らなんか余裕《よゆう》とでも言いてえのか！　あぁ⁉」

「別にそういうわけでは――」

「うるせえ！　いけ好かねえツラしやがって！　しかも舐めプたぁ上等だぜ！　いいぜこの野郎《やろう》！　その舐めた根性《こんじょう》を今すぐ叩きのめして――ぬがあぁぁあぁぁぁああ……ッ！」

「兄者がやられた⁉」「兄者ああああああああああ！」

食ってかかってきたそいつを俺は銃床《じゅうしょう》で殴《なぐ》り飛ばして卒倒《そっとう》させた。

別に凸スナで舐めプをしているつもりはない。狙撃銃《そげきじゆう》装備で前衛をやっている理由はただ単に、狙撃銃における近接戦の練習するのにちょうどいいと思ったからだ。実戦でやるには勇気が要《い》るが、演習でなら経験値を積むのにベストだろう。もっとも、こういう考え自体を舐め腐《くさ》っていると言われるのならば、もはやどうしようもない。

「てめえ！　よくも兄者を！」「兄者の仇《かたき》ぃぃぃぃぃぃぃぃ！」

残る二人は俺にガンくれながらも、俺よりも格下のシャローネとエルザに狙いを付けていた。体力が減りかかっていたし、その判断には一応感謝しておこう。

「チビっ子でも容赦《ようしや》しねえからなぁ！」

「誰がチビっ子よ！」

鉄パイプ型の打撃棍《だげきこん》が振《ふ》り下ろされたが、シャローネはメイスでそれを防ぐ。

ところが――エルザに向かっていたはずのもう一人の男が、エルザを標的にするのをやめて、横からシャローネに迫《せま》っていた。小柄《こがら》な女相手に卑劣極《ひれつきわ》まりないが、戦術としてはもちろんアリだろう。容赦しないと宣言したからには、これぐらいのことをやってくるのは当然か。

「――死ねやロリっ子ぉぉぉおおおッ！」

横から迫っていたもう一人の男が、手に持った棍棒をシャローネめがけて振り上げる。

手前の男に気を取られていた影響《えいきょう》で、シャローネは少し遅《おく》れてその奇襲《きしゅう》に気が付いた。

さすがに危ないと感じて、俺はすかさず間に入り込もうとするが——

直後だった。

銃声が鳴って——奇襲の男が白目を剥《む》いてどさりと倒れる。

「貸し一」

木の陰。

狙撃銃のスコープから目線を外しつつ、エルザがそう呟《つぶや》いていた。

つまりはそう、エルザの援護《えんご》射撃《しゃげき》。

ナイスだ。

「ふ、ふんっ……一応お礼を言っとくわ、っと！」

そして援護射撃を悟《さと》ったシャローネが、少し照れ臭《くさ》そうに礼を言いつつ、手前の男をメイスでかち上げていた。仮にも忌み子のシャローネだ、一対一で集中出来る環境《かんきょう》下ならば力勝負で負けはしない。

「ぐへっ……！」

かち上げられた男は、他の仲間と同じように地面で伸《の》び果ててしまった。

「これでこのチームは倒せたな」

「楽勝だった」エルザが木陰から歩み出てきた。「わたしのおかげで。ね、おチビ？」

「ま、まあね……。助けてくれてありがと」

「気持ち悪いからお礼なんて言わないで欲しい」

「あ、あんたねぇ……！」

……どうしていがみ合うんだよ。

「それはそうと、残りは恐《おそ》らく数チームだ。相手も絞《しぼ》られてきただろうな」

「わたしはテアの精を絞りたい」

「黙れ」

「最後まで生き残ったらその場でテアとえっちしたい」

「一人でやれ」

「分かった」

「分からないでくれ」

ともあれ。

俺たちはその後も遭遇チームを順調に倒し続けた。これが歴戦の猛者《もさ》も混じるような演習であれば苦戦もしただろうが、結局は若手葬撃士《そうげきし》限定の演習合戦だ。若手は悪魔《あくま》への対処は得意でも、対人間の動きが疎《おろそ》かになっていることが多い。その点でも、剣術《けんじゅつ》道場で基《き》礎《そ》を形作った俺の勘《かん》が有利に働いたらしい。

結果として俺は無傷のまま、シャローネ、エルザと共に優勝を果たすことになった。

「やったー！　生き残り成功！」

「テアのおかげ」

「言うほどそうか？」

と思ったが、全部で一七チームに遭遇し、総計五一人と戦い、俺の個別キル数が三六人であることを考えると、確かに俺のおかげではあるのかもしれない。

最初の集合場所に戻《もど》ると、敗戦チームが勢揃《せいぞろ》いで出迎《でむか》えてくれた。

「テアさんすごーい！」「三六キルは過去の特別演習含《ふく》めて最高記録だそうですよ！」

と、主に女子勢からあたたかな拍手《はくしゅ》をもらえた一方で、

「何がすごいんだよ」「雑魚《ざこ》狩りしただけじゃねえか」「BOOOOOOOOO！」

と、男子勢からはブーイングが飛び交《か》っていた。

女子勢がそのブーイングに顔をしかめ始める。

「充分《じゅうぶん》すごいでしょうが」「相手を素直《すなお》に褒《ほ》められない男の人って……」「引くわ」「みじめね」「大体雑魚狩りって言っちゃったら、あなたたち自分自身を雑魚って言ってるようなものなんだけどそれでいいの？」

「う、うるせえ！」「そうだそうだ！」「お前らなんかどうせテアの顔と実績に食い付いてるだけのくせにな！」

「は？」「テアさんは性格もいいんだけど？」「どこぞの猿《さる》たちとは違《ちが》うからね」

「死ねクソアマども！」「くぅ……フォードアウトが羨《うらや》ましい」「屈《くっ》するな兄者！」

……何やら醜《みにく》い言い争いが繰《く》り広げられていた。

上官たちによってそんな騒《さわ》ぎは即座《そくざ》に鎮《しず》められ、表彰式《ひょうしょうしき》が始まる。

俺たちには優勝賞品としてメダルが贈呈《ぞうてい》された。

エステルド帝国《ていこく》のシンボル《双翼《そうよく》の盾《たて》》が記された純金のメダルだった。

これを売り払《はら》えば帝都の一等地に屋敷《やしき》を買えるほどの価値があるだろう。

太っ腹過ぎる。売り払うようなことはもちろんしないが。

「ん。これはテアとの結婚《けっこん》資金に回す」

エルザが妙《みょう》なことをのたまっているが、もちろん相手にはしなかった。

「孤児院《こじいん》の補修がしたいけど、さすがに売るのはダメよね」

シャローネは理性が残っているようでひと安心だな。

それから俺たちも含めた参加者全員に哺乳瓶《ほにゅうびん》が配られた。皆《みな》まだ若いのだからその若さと初心を忘れずにこれからも頑張《がんば》れ、という洒落《しゃれ》の効いた参加賞とのことだ。……いらないが、まあ一応受け取っておく。

そんなこんなで、特別演習の時間は終わりを迎《むか》えるのだった。


俺はその後、市街地で買い出しをしてから教官の家に戻った。

時刻はすでに夕方だった。

狙撃銃やメダル、哺乳瓶を私室に置いて、俺は居間の冷蔵室に食料を補充《ほじゅう》していく。

そうしているとまず、サラさんが帰ってきた。

「おぉ、起きてる起きてる。にひひ、今起きたのかな?」

「……俺を眠《ねむ》り姫《ひめ》か何かだとお思いで?」

「あは、テアくんは眠り王子でしょ。私のキスでは起きてくれなかったけどね」

サラさん——サラーシャ・サミュエル。教官のお姉さんであり、火事で家を失ったためにもうかれこれ三週間は教官の家に居候《いそうろう》しているご身分だ。実はエルト・クライエンスという稀代《きたい》の鍛冶《かじ》職人でもあるが、その資金力を駆使して市街地の高級アパートメントなどに住処《すみか》を移すつもりはないらしい。

「……そういえばお出かけのキスってどこにしたんですか?」

「書き置きにも書いたけど、ナ・イ・ショ♪」

「まあいいですけどね……今日はサラさん、素材探しに出かけていたそうで」

「そうそう、そうなの。ずっと河原《かわら》で石を漁《あさ》っていたんだけどね、いやあ暑くて暑くて。肌《はだ》、ちょっと焼けちゃってない？」

「どうでしょう。俺からすると、美白のままだと思いますけど」

ノースリーブの肌着ゆえに露出《ろしゅつ》した肩《かた》などを見回しても、日焼けしてはいなかった。

そういう体質なのかもしれない。

「そう？　なら良かったぁ。あ、でもでもっ、汗《あせ》はいっぱい掻《か》いちゃったんだよねえ。ほら、どうかな？　匂《にお》う？　にひひ」

面白《おもしろ》がって俺に近付いてくるサラさん。割と常識人ではあるのだが、基本的には陽気な心をお持ちな人で、このような行動はもはや日常茶飯事《さはんじ》と言える。いい迷惑《めいわく》だけど。

「あの……女性から男性へのセクハラも成立するってご存じですか？」

「えっ、もしかしてセクハラ扱《あつか》いになっちゃうほど今の私ってほんとに匂う？」

「……そうじゃなくて、近いので」

もはや目と鼻の先にサラさんの顔があった。

「あらぁ、照れちゃったんだぁ。んもぅ、テアくんったら可愛《かわい》い～！」

辛抱《しんぼう》たまらんとばかりにそう言って、サラさんが俺に抱《だ》きついてきた。

汗っぽくもいい香《かお》りがもふんと広まり、俺は少しくらくらしてしまう。

「は、離《はな》れてください……！」

「イヤですぅー。鬼《おに》が帰ってこないうちにい～っぱいテアくん成分を補給しておきたいし」

「し、しかし……」

「にひひ。テアくん、好きだよ？」

破顔しながら予兆なくそう言われ、俺は心を貫《つらぬ》かれそうになる。

これまでのことで散々思い知っているが、サラさんは本気で俺のことが好きらしい。

新しい住処を一向に探そうとしないのは、俺から離れたくないから、というのが一番の理由だそうで……。

「ねえテアくん、一緒《いっしょ》に片田舎《かたいなか》の屋敷でも買って引っ越《こ》さない？」

つまり俺がここから離れさえすれば自分も離れるつもりがあるようで、時折そんな提案をしてくることがあった。

「イヤかな？」

「み、魅力《みりょく》的な話ではありますが、教官を裏切るわけには……」

「まぁたミヤの話するんだ？　なんでそんなにミヤが好きかな～？　このいけずぅ」

口を尖《とが》らせ、不満げに呟くサラさん。

「でもま、好意の矢印がミヤに向いてるなら別にいいかな。いや良くはないけど、こんなにかっこいい男の子に妹が慕《した》われてるのは姉として鼻が高いからねっ。にひひ」

俺に迫っていたかと思えば、姉の顔を覗《のぞ》かせる。

これもまた日常茶飯事と言えた。

サラさんはどこか俺に似ており、教官のためならば自分を犠牲《ぎせい》に出来る心の持ち主だ。

そんなところがあるから嫌《きら》いにはなれない。

まあ、なくても嫌いにはならないと思うが。

「さてさて、こんなに引っ付いてるところを鬼に見られたら大変だし、そろそろ離れた方がいいよね？」

「――誰《だれ》が鬼ですって？」

震《ふる》えた。サラさんがぎくりと震え、俺もそれにつられてビクッとしてしまう。

声の主は見なくても分かった。

それでも居間の入り口に顔を向けてみると、そこには鬼神《きしん》が佇《たたず》んでいた。

「テアくんと不純なことはするなって言ってるのに、姉さんはいつになったら学習してくれるのかしら？　ねえ、ニワトリなの？　三歩歩くと何もかも忘れちゃう？」

そう言って近付いてくるその人は、怒《いか》り顔さえも綺麗《きれい》だった。

——ミヤ・サミュエル。

ずっと憧《あこが》れで、ずっと大好きな、俺のずっと続く片思いの相手だ。

「姉さん、とりあえずテアくんから離れてちょうだい」

「な、何よぅ、テアくんは別にミヤのモノじゃな——」

「その言い訳は聞き飽《あ》きたわ。私のモノじゃなかろうと、未成年に迫《せま》るのはダメだから」

「ミヤだって迫ってるくせにっ」

「よ、酔《よ》った場合とかだけでしょ！　そういうときはしょうがないじゃない！　それよりも、とにかく早く離れなさいってば！　この横取りおばさん！」

俺たちの間に踏《ふ》み入って、教官は力ずくでサラさんを引き離した。

「うわ、姉さん汗くさ……。こんなのに引っ付かれたテアくん可哀想《かわいそう》……」

「て、テアくんは匂わないって言ってくれたし！」

「……気を遣《つか》ってくれたに決まってるでしょこんなの」

「そ、そんなはずないし！　ね、テアくん？　私くさくないよね？」

「どうなのテアくん。正直に言っちゃっていいわよ」

「え？　それは、ええと……俺はその、匂うとは本当に思わなかったですけど……」

汗っぽいとは思ったが、それを踏まえてもいい匂いだと感じたのは事実だった。

「ほ、ほらねっ！　テアくんはいい匂いだってさ！」

「ほんとに？　……んー、男女で匂いの感じ方が違《ちが》うのかしら」

首を傾《かし》げる教官をよそに、サラさんは逃《に》げるように居間の外に向かった。

「じゃあ私お風呂《ふろ》に入ってくるから！」

「あっ、こら！　まだ説教は終わってないのに……ったく、姉さんはほんとに……」

やれやれと言いたげにひと息つくと、教官は少し不安そうに俺を眺《なが》め始める。

「ねえテアくん、真面目《まじめ》にあれをいい匂いだって感じたの？」

「サラさんのことですよね？　まあ、はい……」

「嗅覚大丈夫《きゅうかくだいじょうぶ》？」

「さ、さすがに大丈夫だと思いますけど」

「うーん、でも少し心配だわ」

教官はそう言うと、少し恥《は》ずかしげに自分の体の匂いをすんすんと嗅《か》ぎ始める。やがて腋《わき》の辺りに鼻を持っていった瞬間《しゅんかん》、若干《じゃっかん》顔をしかめたのが分かった。

「ねえテアくん……」

「はい」

「……私の腋の匂いを嗅いでもらえるかしら？」

「はい？」

とんでもないことを言われた気がする。

「もしかして自分の匂いを誰かに嗅がせたい趣味《しゅみ》が教官には……？」

「ち、違うわよ！　あ、あのね？　私の嗅覚《きゅうかく》によると、姉さんの汗くささと大体同じ感じなのよね、私のここ。だから、テアくんがこれをどう感じるかで色々分かるかなって」

「あの……僭越《せんえつ》ながら、匂いの感じ方って別にどうでもよくないですか？」

「よ、良くないわっ！」

ばしんっ、と教官は近くのテーブルを叩《たた》いた。

「テアくんの嗅覚が正常かどうか調べなきゃっ。おかしかったらどうするの？」

「……わ、分かりましたよ」

そんなことで嗅覚の正常具合が調べられるとは到底《とうてい》思えないが、心配性《しんぱいしょう》で過保護な教官を安心させるためだ。話に乗ることにしよう。

「でも、その……わ、腋の匂いを嗅いで、どうなれば正常だと思うんですか？」

「それは、うーん、そうね……もしいい匂いだって感じたら、男女の違いだろうから正常かな。もし匂うって感じたら、異常」

「……匂うって感じたときは教官が実際に匂うだけの可能性もありますよね？」

「そ、そんなことないからっ。私はいい匂いだからっ」

……どっちなんだよ。

自分を匂うって言ったり、いい匂いって言ったり。

まあいいや。

そういうことなら、どんな匂いだろうといい匂いだと言っておこう。そうすれば教官のプライドを傷付けずに済むし、教官の中では俺の嗅覚が正常だと判断されるらしいし。

「じゃあ……もう嗅いでもいいですか？」

「い、いいわよ」

なぜこんなことになっているんだろう、と半ば冷静に思いつつも、俺は教官に近付いていく。

「うぅ……」

教官は少し緊張《きんちょう》しているようだった。恥ずかしげに、不安そうにも見える。匂う、と言われたらどうしよう、とでも考えているんだろうか。自分の提案で結果的に自分を苦しめてしまうあたり、教官はやはりしっかり者に見えるだけのぽんこつだった。

教官のためにもさっさと済ませてしまおう、と考えながら、俺は自分の顔を恐《おそ》る恐る教官の左腋に迫らせた。

「……失礼、します」

「ええ……どうぞ。――あ、いや待ってっ」

「な、なんですか？」

唐突《とうとつ》な待ったに顔を引かせる。

教官はなぜか左腕《ひだりうで》だけを袖《そで》から引き抜《ぬ》き始めた。

衣服に覆《おお》われていた左腋が、素肌《すはだ》の状態であらわとなる。

恥じらうように目線を逸《そ》らしつつ、教官はそのさらされた左腋を少し上げた。

「あのね……どうせなら素肌で嗅いでもらおうかなって」

「ええと……なぜ？」

「だ、だって姉さんはノースリーブだし、こうしないと同等の条件じゃないものっ」

「……でも大丈夫ですか、色々と」

「へ、平気よ！　女は度胸だから！」

ならば、その度胸が揺《ゆ》らがないうちにさくっと済ませるべきかもしれない。

「じゃあ改めて……失礼します」

俺は再び教官の腋に顔を近付けていく。

鼻の先端《せんたん》を腋に迫らせる。

次の瞬間には接触《せっしょく》し、俺は直接すんすんと鼻を鳴らした。

「やっ……」

接触してしまったせいか、教官が嫌《いや》がるようにみじろぐ。

それでも俺は嗅ぎ続け、ややあって教官から一歩離れた。

「失礼しました」

「わ、私が強制させたことだし、大丈夫……。それより……どうだったの？」

告白を行なった少女のように、教官は返答を待っていた。

俺は率直《そっちょく》な感想を告げる。

「いい匂《にお》いだと思いましたよ」

これは教官を傷付けないための嘘《うそ》——ではなく、事実としていい匂いだった。

まあ汗《あせ》っぽくはあったが、それも結局はサラさんと同じだ。

「そ、そうなのね？　ふぅ、なるほど……」

教官はどこか安堵《あんど》したように胸を撫《な》で下ろしていた。

「じゃあテアくんの嗅覚は正常、ってことかな。やっぱり男女の違いなんでしょうね。私は姉さんにしても、自分にしても、うん……別にいい匂いだとは思えないし」

自分の匂いを今一度嗅ぎつつ、教官はそんなことを言っていた。

「でもひょっとしたら男女の違いじゃなくて、テアくんが特別鈍感《どんかん》なだけなんじゃ……」

「あの、教官……またそれを言い出したら、今度は俺以外の男性にも同じ実験をしてもらわないと結論が出ませんけど」

「そ、それはイヤね……こんなことはテアくんにしか出来ないし」

少し嬉《うれ》しいことを言ってくれていた。

「そういえば、テアくんって今の自分の匂いをどう思ってるの？」

「俺自身の、ですか？」

言われ、自分の匂いに意識を集中させる。

「まあ……少し動いて帰ってきたところですから、あまりいい匂いではないような」

「そうなの？　私はね、今のテアくんの匂いって結構好き」

先ほどから何度も近付いていたので、教官もまた俺の匂いを嗅ぎ取っていたということか。そして俺が微妙《びみょう》だと思ったその匂いを、教官はいいモノだと感じたらしい。

「男女の違い、でしょうか？」

「かもね。もうこれ以上深刻に考えるのはやめましょう」

そんなわけで、この妙な時間は無事に終わってくれた。

サラさんがお風呂から上がってきたのち、俺と教官も順番にお風呂に入った。

それから調理し、夕食の時間。

三人でテーブルを囲みつつ、じっくりと煮込《にこ》んだビーフシチューを食す。

「ん～、美味《おい》しいっ。テアくんってお料理も出来ちゃうからほんとにすごいねえ」

「サラさんも出来るじゃないですか」

「でもほとんどテアくんにお任せ状態だしね」

「まあ、俺は使用人ですから」

仕事を押し付けられているとは思っていない。

家事炊事《すいじ》をこなすのも、俺の鍛錬《たんれん》のひとつでしかないから。

「だけど、それが負担になってたりしない？」

心配するかのようにそう言ったのは教官だった。

「今日、寝坊《ねぼう》したでしょ？　今までそんなことなかったからなんとも思わなかったけど、実は家事が負担になってて、知らず知らずのうちに疲《つか》れが溜《た》まってるんじゃない？」

「それはないと思いますが」

「でも……心配だわ」

「出た出た、ミヤの過保護な心配性。テアくんはそんなにヤワじゃないってば」

「知ってるわよ。それでも、心配なの」

　ありがたい言葉だった。

　でも俺は大丈夫ですよ——と、俺がそう答えるよりも先に、教官は意を決したように顔を上げてこう言うのだった。

「決めた。私も家事炊事をこなしてみせるわ」

「え？」

「だってそうすればテアくんの負担を減らせるでしょ？」

「それはそうですけど……」

「だから私も頑張《がんば》る」

「いや、しかし……」

　俺にとって家事炊事は復帰鍛錬の一環《いっかん》だ。それを問題なくこなすことで、教官に無駄《むだ》な心配をさせないようにする、という元気アピールの一種でもある。

　にもかかわらずその役目を教官にも担《にな》わせるというのは、どこか本末転倒《ほんまつてんとう》な気がして。

　だから教官の申し出には否定的な態度を示していたのだが——

「いいからっ。……お願い。ね？　私にも手伝わせて？」

　懇願《こんがん》するかのように真剣《しんけん》な表情。

俺はそれを見て、何も言えなくなった。

自分も家事炊事を頑張りたいという教官の申し出。

そのやる気を否定するのは失礼な気がしたから。

何より、女性としての能力を高めようというその姿勢は、きっと教官の今後にもいい影《えい》響《きょう》を及《およ》ぼすだろうし。

そんな中で、サラさんがマイペースに呟《つぶや》く。

「えぇ～、ミヤが家事炊事を頑張るの？　くふふ、無理無理無理無理のかたつむりでしょ」

「な、なんですって……？」

「だってそうじゃない？　ミヤってば料理は壊滅《かいめつ》的で、掃除《そうじ》をすれば新たな汚《よご》れ箇所《かしょ》を増やすだけなんだもの。呆《あき》れちゃうほどに女子力皆無《かいむ》というか」

「そ、そうだけど、でも頑張るからっ。何も出来ないままはマズいと思うし……（ええそうよ私。このままじゃ将来テアくんを支えることが出来ないじゃないの。ちゃんと女子力を身に付けて、テアくんを養えるいい女にならなきゃダメなんだからっ）」

何やらぶつぶつと呟いて、自分に活を入れている様子の教官だった。

「でもま、テアくんの負担を減らすべきっていうのはその通りかもね。ミヤ一人だけのお世話ならまだしも、私という居候《いそうろう》まで加わってるし、負担大きいよね。ミヤがそうするなら、私も手伝えることは手伝っちゃおうかな」

サラさんはそう言うが、そもそもサラさんは割と手伝ってくれている。

にもかかわらず、そんなことをわざわざ言う目的があるとすれば――

「にひひ、ミヤだけに任せてたらテアくんのお仕事が逆に増えそうだもんね？」

やはり、教官を奮起させるための煽《あお》り目的、だったらしい。

そして教官は案の定――

「な、何よ何よっ！　そんなことには絶対ならないし、ちゃんと頑張るからっ。姉さん見てなさいよ、私の女子力がこれからみるみる向上していくところをねっ！」

と、サラさんの煽りに見事なまでにつられ、奮起していた。

そんなわけで、どうやら。

今後は教官も、この家での家事炊事に取り組むことになったらしい。

どうなるのか未知数な部分は大いにあるものの、

（まあ……）

教官の女子力の成長が見られるのだとしたら、それは楽しみとしか言えなかった。

幕間　ミヤ・サミュエルの想いⅠ

「ねえセイディ、あなたって家事炊事はやってるのよね？」

いつものバーでの、いつもの女子会――

私に問われたセイディは、マスターお手製のカクテルを呷《あお》りつつ、ただのアイスティーを飲んでいる私に目を向けてきた。

「それはもちろんです、私は人妻ですよ？」

「家事炊事のレベルは自分で高いと思う？」

「え、どうでしょう。普通《ふつう》にこなしてるだけですからね」

セイディは淡々《たんたん》と応じつつ、不思議そうに小首を傾《かし》げてみせた。

「なんで急にそんなことを聞くんですか？　え、まさかミヤ、とち狂《くる》って家事炊事を始めようとしているのでは……？」

「な、何よその反応！　失礼しちゃうわね！」

「だってミヤの家事炊事は驚《おどろ》くほど低レベルですからね。訓練生時代にミヤとルームシェアしていた私が保証します」

「そんな保証はいらないから！」

「今だったらミヤのヤバさについてひと晩、テアくんと語り明かせそうですね。今度実際にやらせてもらってもいいですか？」

「ダメ！　なんだかイケない雰囲気《ふんいき》になりそう！」

「安心してくださいミヤ。人妻のテクを少し披露《ひろう》するだけですから」

「何も安心出来ないんだけど！」

「え？　私の手料理を食べてもらおうと思っただけなんですけど、それすらダメなんですか？」

「あ、あぁ……テクってそっちの、ね……」

「おやおや、ミヤったら何を想像したんですかねえ？　いやらしい～。すぐそっち方面に思考が行ってしまうというのは、あれじゃないですか？　欲求不満だったりして？」

「ち、違《ちが》うから！」

「まだ、テアくんとの進展はないんですか？」

「な、ないけど……それが何よ？」

「いえ、テアくんもなかなか我慢《がまん》強いなぁと思いましてね」

どこかしみじみとセイディは呟く。

「私が男の子だったらミヤのようなエロボディのお姉さんにはすぐがっつくんじゃないかと思うんですよ、ひとつ屋根の下で一緒《いっしょ》に生活していたら」

「え、エロボディて……。それほどでもないと思うけどね」

「は？　今ミヤは恵《めぐ》まれないボディの女性をすべて敵に回しましたからね？」

セイディは割とガチなトーンだった。

「そんな体を有しておきながら万年処女って、逆にすごいと思うんですけど」

「ほっといてよ……」

「ミヤの方からがっついちゃえばいいのに、それが出来ないから今度は家事炊事を頑張る方向性でテアくんに遠回しなアピールをする作戦なんですか？」

「いや、別にそうではないから……。テアくんの負担を取り除きたいだけであってね」

いつまでも支えられてばかりじゃいられない。

私の方が年上で、お姉さんなんだから、テアくんの良心に甘えてちゃダメなのよ。

テアくんに何もさせないぐらいの、デキる女になるのが当分の目標。

私が支える。

私が養う。

テアくんに余計な負担をかけずに済む、そういう女に私はなりたい。

「なるほど。そういうことなら是非《ぜひ》とも頑張って欲しいですね。ミヤは戦闘《せんとう》技能が高いわけですから、手先が不器用ではないんですよ。要領が悪いわけでもないですし、コツさえ摑《つか》めば家事炊事もイケると思います」

「何かアドバイスをもらえたりする？」

「ええと……ミヤが壊滅的に酷《ひど》いのは恐《おそ》らく料理だと思うんですけど、とりあえず、アレンジしたがる癖《くせ》をどうにかしてください。料理が下手な人は基本に忠実ではないから下手くそなんです」

「……私、そんなことしたっけ？」

「ルームシェアしてたときに魚の塩焼きならぬ魚の苺《いちご》ジャム焼きを出してきた恨《うら》みは今も忘れてません」

「あ、懐《なつ》かしいっ」

「情緒《じょうちょ》に浸《ひた》らないでください！　あと卵の割り方が下手くそ過ぎるんですよミヤは！　ゴリラみたいに叩《たた》き付けて粉々にするのは論外ですからね！」

「でも勢いを付けて割った方が味が凝縮《ぎょうしゅく》されて美味しくなりそうじゃない？」

「それですよ！　そういう偏《かたよ》った考えが料理下手のメシマズに繋《つな》がるんです！　とにかく

基本に忠実になってください！　戦いと一緒ですよ！　基本が大事なんです！」

「……難しいわね」

「どこがですか⁉」

「まあでも、頑張ってみるわっ」

「応援《おうえん》はしますけど、早くもダメそうな匂《にお》いがすごいですね……」

セイディが意気消沈《いきしょうちん》した表情でそう言っていた。

ふんっ。

何よ何よ、姉さんといいセイディといい、私を馬鹿《ばか》にしちゃってさ。

見てらっしゃいよ。

そのうち必ず、女子力に富んだ完璧《かんぺき》な女になってみせるんだからっ！

第二章　夢か幻《まぼろし》か、あるいは魔法《まほう》か

またあの夢を見ていた。

またあの夢を見ていた。

二日連続。

同じ夢。

どこかの室内――薪《まき》がくべられた豪奢《ごうしゃ》な暖炉《だんろ》の手前、揺《ゆ》り椅子《いす》に座る《誰《だれ》か》に赤《あか》ん坊《ぼう》の俺が抱《だ》かれている。

それを俯瞰《ふかん》する夢。

赤ん坊の俺を抱く《誰か》は相変わらずシルエットにモヤがかかっていた。

それはまるで、記憶《きおく》が封《ふう》じられているかのようだった。

故意に。

俺に見せたくはないかのように。

（…………）

この夢は何者かにとって、思い出されたくはない記憶なのか？
思い出されたくはない記憶を、俺は夢として見ているのか？
俺の記憶には謎《なぞ》が多い。
気が付くと帝都《ていと》に捨て置かれていた俺には、それ以前の記憶がない。
記憶がないのは封《ふう》じられているからなのか？
思い出されると何か都合が悪いのか？
じゃあこの夢は——この記憶は、何か重要なモノだったりするのだろうか。
（…………）
俺は改めて夢の風景に意識を落とす。
《誰か》と、赤ん坊の俺。
きゃっきゃっと喜ぶそんな俺をよそに、その《誰か》は独り言のように、
『本当なら、母親が良かろう？』
そう問いかけていた。
『この乳母《うば》の手では、満足出来なかろうて』
紡《つむ》がれたその言葉は、《誰か》が俺の母親ではないことを表わしていた。
——乳母。

確かにそう言った。

つまり、

（……帝都に捨て置かれる前の俺は、この乳母の手で育てられたのか？）

悪魔の全指揮権を司《つかさど》るルシファーに子供を育てる余裕《よゆう》はないだろう。

母親は詳細《しょうさい》が分からない。俺を産み落として死んだ可能性もある。

ならば俺の成長を乳母に委《ゆだ》ねたのは不自然でもない。

ここまで来ると、所詮《しょせん》は夢と断じるのは難しい。

現実に繋がる情報が、ここには確かに詰《つ》まっている。

封じられた記憶、で合っているのかもしれない。

それをなぜか夢に見ている。

今になって見ている。

思い出しかけている。

何かがきっかけで封印が解けた……？

分からないことだらけだが、この夢が貴重な情報源なのは間違いない。

俺の過去を紐解《ひもと》く重要なヒントだ。

この乳母に会えれば、何かを知れるだろうか。

恐らくこの乳母は悪魔だろう。
ルシファーに俺を託《たく》されたのだと思う。
ならば高位の悪魔に違いない。
今も生きている可能性は高い。
だが、シルエットにモヤがかかっているせいでどんな悪魔かは分からない。
声からして女の悪魔ということしか分からない。
それだけではこの乳母にはたどり着けない。
（……結局）
何も分からない。
分からないまま、夢が溶《と》けるように霞《かす》んで消えた。
浮上《ふじょう》するような感覚ののち――
「――――」
目が覚めた。
朝だった。
冴《さ》えない目覚めだった。
中途半端《ちゅうとはんぱ》に終わった夢の続きを、このまま二度寝《にどね》すれば見られるのだろうか。

だがそれはきっと、やってはいけないことだ。

（……二日連続で寝坊は許されない）

そもそも今、またすでに寝過ごしている可能性もある。

これ以上寝てはいられない。

そう考えて起床《きしょう》した。

居間に向かうと、柱の時計は朝の早い時間を指していた。

どうやら二日連続の寝坊は回避《かいひ》出来たらしい。

その事実に安堵《あんど》していると、

「あ、テアくん、今日はきちんと起きれたのね。良かった」

そんな声をかけられた。

時計の確認《かくにん》に気を取られていたので気付かなかったが、居間には教官の姿があった。

これは珍《めずら》しい。

教官がこんなにも朝早くから起きていることは滅多《めった》になかった。

「おはようございます。これから任務ですか？」

「ううん、違《ちが》うわ。言ったでしょ？　家事炊事《すいじ》を私も頑張《がんば》るって」

「あぁ……」

だから早く起きて何かをやろうとしている、ということなのか。

「これから朝食を作ろうとしていたの。早く起きてくれたところ悪いけど、テアくんは適当にくつろいでてもらえる？」

「朝食は教官に任せろと？」

「そうよ」

……不安だ。

しかし教官のやる気を削《そ》ぐわけにもいかず、まずは黙《だま》って見守ることを選んだ。

椅子に腰《こし》掛《か》けた俺をよそに、教官は小麦粉を取り出していた。

「何を作るつもりですか？」

「パンよ」

「…………」

なぜパンなんだ。料理に慣れている人間でさえそう簡単には作れない代物《しろもの》になぜ教官は挑《いど》もうとしているんだ……？

「まずは生地《きじ》を作らないとね。ええと、小麦粉をばーっとボウルに入れて、それからお水をどばーっ」

計量器を使わず、完全な目分量で生地を作り始めるミヤ教官。

ダメだ、もう手伝いたい衝動《しょうどう》に駆《か》られてしまう。

だが黙って見守ると決めたんだ、大人しく見ていろ俺。

「それから……ええと、こねこねすればいいのね」

教官はボウルの中で生地をこね始める。ある程度まとまってきたところで、今度はその生地を調理用の布袋《ぬのぶくろ》に入れて床《ゆか》に置き、その上で足踏《あしぶ》みを開始した。自重でこねるのは別におかしなことではない。なんだかんだ形にはなっているのか。

「きゃっ」

そのときだった。

足踏みのバランスを崩《くず》し、教官が尻餅《しりもち》をついてしまった。

「あいたた……」

怪我《けが》がなさそうで何よりだが、問題がひとつ。

尻餅をついた結果として、教官は俺に向けて股《また》を開くような状態になっていた。

すでに仕事衣を着用している教官の、タイトなスカートの中が丸見えだった。

――黒。

「きゃ……っ！」

二度目の悲鳴は、俺に見られたことを察したがゆえのものだった。

足を閉じながら、教官は俺に潤《うる》んだ眼差《まなざ》しを向けてくる。

「見た……のよね？」

「い、いきなりのことで目を逸《そ》らすのが遅《おく》れました……」

「……テアくんのえっち」

理不尽《りふじん》なまでの不名誉《ふめいよ》をいただいてしまったが、まあしょうがないか……。

そのうち気を取り直したように起き上がると、教官は生地の上で足踏みを再開させた。

そこに起床したサラさんがやってきて、

「あ、テアくんおはよ。今日は早起き出来て偉《えら》いね。……んでミヤは何してんの？」

「見れば分かるでしょ。パン作りよ」

「なんで手間のかかるモノを作りたがるんだろうね、料理が下手な人って。簡素なメニューを手早く作れるスキルの方が家庭では重宝するのに」

「ぐはっ……」

サラさんの言葉で、教官がダメージを食《く》らっていた。……多分教官としては、多少かっこつけた上で家庭的な一面を見せようと思ってパンという題材を選んだのだろうが、それを全否定された形なのでぐうの音も出なくなったのだと思う。

これでも世間では《クールなしっかり者》として扱《あつか》われているのが教官である。

「だ、だまらっしゃい姉さん……。完成品を見て度肝《どぎも》を抜《ぬ》かすことになるわよ」

「にひ、じゃあ期待せずに待ってるからね」

サラさんは煽《あお》るように呟《つぶや》いて、俺の隣《となり》の椅子に腰を下ろしてきた。

「さてさてテアくん、じゃあテアくんもサラお姉ちゃんと一緒《いっしょ》にパン生地をこねこねしよっか？」

「はい？」

「ほら見て。ここにパン生地がふたつあるよね？」

ふくよかな胸を強調するように腕《うで》を組んで、サラさんがそう言った。

「な、何を言って……」

「照れなくていいんだよ？　ほら、これをね、テアくんの手でこねこねして欲しいの」

「――ね、姉さんっ！」

「にひひっ、ミヤったらこわーい。ただの冗談《じょうだん》なのに～」

「嘘《うそ》おっしゃい！　私の邪魔《じゃま》が入らなかったら揉《も》ませるつもりだったでしょ！」

「まあね」

「ゆ、油断も隙《すき》もないわね……」

教官は足踏みしながら息をぜえぜえと切らせていた。

「と、とにかく大人しく見てててちょうだい。私の炊事能力が決して低くはないってことを証明してあげるから！」

との宣言から一〇分後——

「……大惨事《さんじ》じゃん」

遠い目をしたサラさんの呟きがあった。

俺も同じ目をしているかもしれない。

——室内は黒煙《こくえん》に包まれていた。

教官がパンを焼くために石窯《いしがま》の火力を強くし過ぎた結果だった。

あわや火事になりかけたが、桶《おけ》で水をぶっかけたことにより火は沈静《ちんせい》化している。

「こんなはずじゃ……」

黒煙の残滓《ざんし》を吐《は》き出す石窯を見て、教官はがっくりしていた。

「……せっかく順調だったのに」

「いや……そもそも教官、焼く前に生地を寝かせてないですよね？」

「あ」

「恐《おそ》らく火力の調整に成功していても、美味《おい》しいパンにはならなかったと思います」

「しゅん……」

落ち込んだ効果音を口に出してしまうほどに、教官は心に傷を負ったらしい。

「今日お仕事休む……」

「え？」

「……今日はどうせ葬撃士《そうげきし》協会からのオファーで広報誌に載《の》せるためのインタビューを半日受けるだけの予定だったし、別に休んだところで治安の維持《いじ》には影響《えいきょう》なんてないわ」

「でも休んでどうするつもりですか？」

「落ち込んではいるけど、私は別に諦《あきら》めてはいないの」

「……と言うと？」

「家事炊事を頑張るために、私はやれることをやるわ」

言って、教官はひとまず後片付けを始めた。

やれることをやるとは一体……？

「……負《ま》けず嫌《ぎら》いが発動したね、こりゃ」

サラさんが呆《あき》れたように呟く。

「しかも今回はいつもより一段階面倒《めんどう》な奴《やつ》かも」

「どういうことですか？」

「こうなったミヤはまず形から入り直すんだよね」

サラさんは俺の肩《かた》にぽんと手を置いた。

「頑張れテアくん。多分付き合わされるから」

「はあ……」

どういうことだろう、と思いつつも、俺は適当に頷《うなず》いていた。


それから結局。

俺が簡単な朝食を用意して、少し落ち着いた時間が流れ始めた頃《ころ》のこと——

「ねえテアくん、あとで少し買い物に付き合ってもらえる？」

本当に仕事を休んだ教官から、そう言われた。

付き合わされるというのは、この買い物のことだろうか。

「いいですよ」

その程度なら別に問題はないと考え、俺は承諾《しょうだく》した。

そんなわけで私服に着替《きが》え、俺と教官は帝都《ていと》市街地に繰《く》り出した。

「ここが目的地ですか？」

「そうよ」

ややあって教官と一緒に訪《おとず》れたのは、家庭内従事者用衣類専門店だった。

要するにメイドやボーイ、執事《しつじ》といった奉公人《ほうこうにん》たち御用達《ごようたし》の、それ系統の衣類がふんだんに取り扱われている服屋だ。

なんでこんなところに用事が……？

「さあテアくん、行きましょ」

教官に手を引かれ、俺は店の中に入り込む。

店内には当然のように奉公人たちの制服が無数に存在していた。

教官の足はそのうちの、メイド服コーナーに向けられているような気がして。

ここまで来るとさすがに察しがついた。

サラさんが言っていた『こうなったミヤはまず形から入り直す』とはすなわち――

家事炊事《すいじ》のエキスパートたるメイドになりきる、ということなんだろう。

……マジかよ。

「うん、色々あるわね」

メイド服コーナーにたどり着いた瞬間《しゅんかん》、教官は満足げに頷いた。

「さてと、じゃあテアくんに選んでもらおうかしらね」

「選ぶって、メイド服をですか？」

「それ以外に何かあるの？」

「……ないですけど、どうして俺に選択権《せんたく》を？」

「そりゃ、どうせならテアくんのえっちな好みに合わせてあげようかなって」

「お、俺にこんな趣味《しゅみ》はないです……」

「ふふっ、冗談よ。でも私に似合うと思うモノを選んで欲しいのはほんとだから」

「あの、確認《かくにん》ですけど……本当にメイド服を買うんですか？」

「買うわよ。形から入り直すんだもの」

至極真面目《しごくまじめ》な表情でそう言ったところを見るに、冗談ではないんだろうな。

「さあテアくん、私に似合うと思うモノを選んでくれる？」

「はあ……」

若干《じゃっかん》困りつつも頷いて、俺はまず無数に陳列《ちんれつ》されたメイド服を眺《なが》める。

この中から教官に似合うモノをひとつ選べって、難し過ぎやしないか。

「……もういっそのこと、全部着てみるのはどうですか？」

「あ、じゃあそうする？　楽しそうだし」

教官が肯定的《こうてい》だったこともあり、ひと通り試着した上で一番似合うモノを購入《こうにゅう》することになった。

最初に着てもらうのは、オーソドックスなエプロンドレス。

俺たちは試着室の前に移動した。

「じゃあ少し待っててね」

教官が試着室に入り込み、俺は着替え終わるのを待つことに。

「覗《のぞ》いちゃダメよ？」

「覗きません」

衣擦《きぬず》れの音が聞こえ始めた一方で、教官が話しかけてきた。

「テアくんはお利口さんよね。男の子なら普通《ふつう》は覗きたくなるものじゃないの？」

「なりません」

「私に魅力《みりよく》がないってこと？」

「教官には魅力しかありませんが、それとこれとは話が別です」

「そ、そうなのね……」

教官は少し照れ臭《くさ》そうにしていた。

「……テアくんはよく私のことを褒《ほ》めてくれるけど、そういう言葉を口に出すのって恥《は》ずかしくないの？」

「ないです。教官への言葉は堂々と胸を張って言いますよ」

そうしないと伝わるものも伝わらないと思うから。

だから教官も俺のことをどう思っているのか堂々と言ってくれませんか？　とは言えないよな。

それを無理強《むりじ》いさせて関係がこじれるのだけは避《さ》けたい。

「テアくんはすごいね……私にはとてもとても……」

どこか申し訳なさそうに言ったかと思えば、教官は気を取り直したように呟く。

「よ、よしっ、それよりテアくん、お着替えが完了《かんりょう》したわ」

「じゃあ早速《さっそく》、お披露目《ひろめ》してもらっても？」

「いいわよ。じゃ、カーテンを開けるわね」

その宣言通り、直後にカーテンが開けられ、教官が姿を見せてくれた。

「──っ」

その瞬間、俺の心臓はどきりと高鳴った。

「お帰りなさいませ、ご主人様♪　──なんてね」

そう言って照れ笑いを浮《う》かべた──エプロンドレス姿の教官。

（か、可愛《かわい》い……）

正統派メイド服を身に着けた教官の破壊《はかい》力は俺の想像を遥《はる》かに超《こ》えていた。

ふりふりの白いフリルが愛らしく、頭のカチューシャもこれまたキュート。

この可愛らしさに匹敵《ひってき》するモノは恐らくこの世に存在しない。

そう思えるほどの可憐《かれん》さ。

こんなメイドが家に居たら、仕事が終わり次第《しだい》直帰するのが日課になるだろうな。

「ど、どうかしら？　似合ってる？」

「とてもお似合いです」

「そう？　……なら良かったわ」

恥じらうようでありながら、嬉《うれ》しそうでもあった。

そんな教官に今度は、別のメイド服を手渡《てわた》す。

「お次はこれに着替えればいいのね」

「まだ他《ほか》にもあるので、ファッションショー感覚でお願いします」

「ふふっ、了解したわ」

こうして――教官の七変化《しちへんげ》が始まった。

「これは……思ったよりも短いわね」

二番目――ミニ丈《たけ》のエプロンドレス。

「ちょっと私にはキツくない……？」

「いや、かなりいいと思いますよ」

最初のエプロンドレスをミニスカートタイプに仕立てただけではあるが、そうなったことによってニーハイがアクセントとして加わり、いわゆる絶対領域が誕生している。太ものお肉の乗っかり具合が、口に出しては言えないが最高だった。

正直、教官の絶対領域は戦闘衣《せんとう》で見慣れてはいるものの、やはりメイド服という特殊《とくしゅ》な服装で見せられるとまた違《ちが》った趣《おもむ》きが感じられていいと思う。

何より、無理をしている感じが素晴《すば》らしい。こんなふりふりのミニ丈メイド服を私に着せたらダメでしょ……と言わんばかりに教官は恥ずかしそうにもぞもぞしているのだが、その様子にこれまたグッと来る。この調子で次に行っていただこう。

「――あら、これは風流でいいわね」

三番目――和風メイド服。

着物とミニスカートを組み合わせたようなデザインで、露出《ろしゅつ》具合はミニ丈のエプロンドレスと同等程度だ。しかし和要素のおかげでどこか雅《みやび》に感じられ、多少性的でありながら清楚《せいそ》に見えるという不思議な衣装《いしょう》だった。落ち着いて見えるというか。

そういうこともあってか教官自身、これまでに比べると照れを感じていないようで、少し堂々としていた。

「ねえテアくん、これいいんじゃない？」

「うーん……」

「あら、ダメなの？」

「いや、似合ってはいますけど……」

そう、似合ってはいる。

教官も割と気に入った様子だ。

しかし違う。

そうじゃない。

堂々とし過ぎている。

もう少し恥じらいが欲《ほ》しかった。

ということで、それからも色々なメイド服を着てもらい――

やがて最後の試着服を、教官に手渡した。

「こ、これはメイド服なの……？」

「ここにあるからにはそうだと思いますが……」

ただしこれには俺も、メイド服なのかと疑問を抱《いだ》かざるを得ない。

どういったモノかと言えば――水着メイド服。

名称《めいしょう》通りに水着をメイド服として仕立てあげたモノらしいが、正直どう見ても水着でしかない。肩紐《かたひも》に申し訳程度のフリルが付いているだけで、それを除けば単なるビキニだ。

「ま、まあでも……これがもしかしたら私に一番似合うかもしれないわけだし、着るだけ着てみるわね……」

俺が求めた以上の恥じらいを覗かせ始めるミヤ教官。

しかしこれはさすがに気の毒かもしれない。

「あの……無理に着なくてもいいですよ？」

「いや、大丈夫《だいじょうぶ》」

教官は気丈にそう言うと、じゃあ待っててちょうだいね、とカーテンを閉めた。

かと思えば——

「テアくぅん～……」

いつだったかのように、困り顔でカーテンの隙間《すきま》から顔だけ出してきたのが分かった。

「ど、どうしました？」

「あのねテアくん……紐がね……」

「ひ、紐？　紐がどうしたんですか？」

「……キツくて、上手く結べないの……」

ビキニのトップスの紐が、上手く結べないということだろうか？

「ええと……顔を出してきたということは、俺に結べと？」

「……お願い出来る？」

「それは……教官さえ良ければ、全然」

「大丈夫だから、中に来て？」

「わ、分かりました……」

む、結ぶだけ。結ぶだけ。

変な気を起こさないように気を付けつつ、俺は教官の試着室に入り込んだ。

すると――

「い……」

そこには予想外の光景が待ち受けていた。

俺は思わず変な声を発してしまう。

――ビキニ姿の教官。

その紐が上手く結べないと聞けば、普通はトップスの紐を思い浮かべるだろう。

背中で上手く結べないのだろう、と。

しかし違った。

実際はそうではなかった。

教官が言う、上手く結べない紐とはすなわち——

「ここ、なんだけど……」

下だった。

ボトムス。

パンツ。

両脇《りょうわき》が紐タイプのそれが、上手く結べていなかったのだ。

しかも両方結べていない。教官が手で支えているからそのビキニは落ちていないだけであり、手放せば教官の下腹部がすぐさまあらわになるのは確実だった。

「な、なんで結べてないんですか……？」

「なんかね、紐がギリギリ届かない感じで……」

言われてみれば確かに紐の長さがおかしい。

不良品か。よく見てから渡すべきだった。

「あの……教官、これは素直に交換《こうかん》しましょう」

「……もしかして不良品？」

「恐《おそ》らくは」

「なんだ……それならテアくんをわざわざ頼《たよ》る必要はなかったわね……」

肩を落としながらそう言うと、教官は俺を上目遣《うわめづか》いに見上げた。

「……ごめんね？　一緒《いっしょ》に試着室に入らせて、無駄《むだ》に恥ずかしい思いをさせちゃって」

「い、いえ、お構いなく……」

恥ずかしいのはむしろ教官の方だろう。

それほど布面積が広くはないビキニ姿で俺の前に立っている。

豊満な胸。

くびれた腰元《こしもと》。

キュートなおへそを大胆《だいたん》なほどに晒《さら》して。

当然ながら顔は真っ赤で、徐々《じょじょ》に俺から目を逸《そ》らしていく。

そんな様子がとてつもなく可愛らしくて、俺は心を打たれてしまう。

どうしてこの人はこれほどまでに可愛いのだろうか。

こんな二六歳はきっと他《ほか》に居ない。

「……相変わらず、教官は可憐ですね」

「な、何？　どうしたの？　いきなりそんな……」

「すみません……今の教官を見ていたら、そう言わずにはいられなくて」

「も、もう、こんなおばさんに何言ってんだか……」

悶絶《もんぜつ》するように顔を背《そむ》けて。

しかし目だけをこちらに向けて。

教官は心底喜ばしげにこう言い返してくれる。

「でも、ありがとね。嬉しい」

そんな返事だけで、俺の心はどこまでも満たされてしまった。


それから。

紐に問題がない水着メイド服を改めて着てもらい、教官の七変化は無事に終了《しゅうりょう》した。

「さて、どれを購入《こうにゅう》したらいいかしら？」

私服姿に戻《もど》った教官が尋《たず》ねてくる。

一番似合うと思ったメイド服の購入。

その判断は俺に委《ゆだ》ねられている。

正直、どれも甲乙《こうおつ》つけがたい。

しかし心の中ではハッキリと決まっていた。

「ミニ丈《たけ》のエプロンドレスでお願いします」

「あ……水着じゃないのね？」

「……俺をなんだと思ってるんですか？」

「年頃《としごろ》の……男の子」

「まあそうですけど……」

それはそれで、年頃の男子をなんだと思っているのだろうか。

性欲の権化《ごんげ》だと思われているなら悲しい。

「ともあれ、ミニ丈のエプロンドレスでお願いします」

「テアくん的にはなんでそれが一番良かったの？」

「一番似合っていたからです」

「それだけ？」

「それだけです」

しかし実際のところは教官に言えない理由も存在している。

その理由とは、ずばり——《無理してる感》。

ミニ丈のエプロンドレスを着用したときの教官には、ものすごく無理をしている感じがあった。

アラサーのお姉さんが無理して着こなしている感じが、一番出ていたのだ。

どれも大体そうなんじゃないの、と言われればその通りだ。

それこそ、教官本人の恥《は》じらい度合いだけで言えば水着メイド服を着たときが一番恥じらっていたと思う。

ただし、《無理してる感》と《恥じらい》は似て非なる。

恥じらいはただ恥ずかしがっているだけだ。

それはそれでいいものだが、《無理してる感》はそのワンランク上だ。

若さと成熟の狭間《はざま》を生きるアラサー女性にしか醸《かも》し出せない、あられもない雰囲気《ふんいき》。

それが《無理してる感》だ。

こんなの年甲斐《としがい》なさ過ぎでしょ、と分かっていながらも、渋々《しぶしぶ》とメイド服を着て、そのどこか情けない雰囲気をひた隠《かく》しながら俺に姿を見せる。

ミニ丈のエプロンドレスを身に着けたときの教官にはそれがあった。

だからミニ丈のエプロンドレスを購入してもらう。

――それだけだ。

「じゃあ……ミニ丈のエプロンドレスを買うわね」

教官は少しイヤそうにしていた。

よりにもよってこれ？　と言いたげな表情。

でも買ってもらいます。

「……ねえテアくん、普通《ふつう》のエプロンドレスか和風メイド服でも良かったりしない？」

「ダメです」

「私は別に水着の奴《やつ》でもいいんだけ――」

「ダメです」

「……テアくんって、ちょっとSっ気があるわよね」

「な、ないですよ……」

「ダダをこねれば、私がなんでも言うこと聞くって思ってない？」

「……思ってません」

「ひとつ言っておくけど、私は都合のいい女ではないからね？」

「……じゃあミニ丈のエプロンドレスは買わないということですか？」

「それは買うけど」

買うのかよ。

「だってテアくんが選んでくれたんだから、買うしかないじゃない？」

なんだかんだ言いつつ、ちょろい教官なのであった。

「ふぅ、これで今回の買い物は済んだわね。――さてと」

精算し終えた教官が、なぜか試着室に向かい始めた。

「あの、どうして試着室に？」

「え？　買ったから着るんだけど」

「……はい？」

一瞬戸惑《いっしゅんとまど》い、それから確認《かくにん》。

「着るって……帰ってから着るんじゃなくて、ここから着ていくんですか？」

「そうよ」

……嘘《うそ》だろ？

「だって形から入り直すためにメイド服を買いに来たんだもの。私はメイドさんにならなきゃいけないのよ。それにほら、メイドさんって割と普通にメイド服姿のまま出歩いているじゃない？　だから私もそれに倣《なら》おうかと思って」

「ま、待ってください。さすがにそれはやめましょうよ」

教官がメイド服姿で天下の往来を出歩くような真似《まね》をしたら誇張抜《こちょうぬ》きで号外が出回るレベルの騒《さわ》ぎになると思う。あらぬ噂《うわさ》も立てられるだろう。それはきっと良くない。

教官もそれは分かっているのか、俺に止められて少しホッとしているようだった。

「そ、そうよね……さすがにやめるべきよね」

「はい、教官のメイド服姿を全方位に披露《ひろう》するのは論外です」

「……恥《はじ》を知れってこと？」

「いえ、俺としては、教官のメイド服姿は誰《だれ》の目にも触《ふ》れさせたくないんです」

「それは……どういう意味で？」

「その貴重な姿は出来れば俺だけが独占《どくせん》していたい、ということです」

率直《そっちょく》に告げると、教官は瞬《また》く間《ま》に頰《ほお》を赤くしてうつむいた。

「ふ、ふぅん、そうなのね……」

それから少しニヤつくような眼差《まなざ》しで俺を見て、

「……もしテアくんの彼女になったら、私って束縛《そくばく》されちゃうのかしら？」

「さ、さあ……どうでしょう」

俺の彼女になったら、とかいう言葉が教官の口から出てきたせいで、俺まで多少動揺《どうよう》してしまう。

教官が……俺の彼女になってくれる日は果たして訪《おとず》れるのだろうか。

相変わらず——教官の真意は分からない。

直接聞けたら楽なんだろうが、あいにくとそれほどの度胸はない。

《七翼《ななよく》》の怪童《かいどう》と言われようと、苦手な分野はある。

恋愛《れんあい》なんてそれの最たるモノだった。

「…………」

「…………」

お互《たが》い、少し無言が続く。

気まずい。

第三者からの助け船が期待出来ない中で、この空気を打ち破ってくれたのは先に硬直《こうちょく》を脱《だっ》した教官だった。

「ま、まあとりあえず、お店から出ましょうか」

「そう、ですね」

「もうじきお昼だし、何か食べてから帰る？」

「ええと……お任せします」

「それなら、ちょっと話題のパスタ屋さんがあるの。そこに行きましょ」

教官に手を摑《つか》まれる。

引っ張られる。

このグイグイ来る感じに救われる。

訓練生時代もそうだった。

忌《い》み子《ご》への差別、偏見《へんけん》がまだ残っていたあの時代に、教官はこんな感じでとにかく積極的に絡《から》んできてくれた。

先導してくれた。

もし教官と付き合えるようなことがあれば、俺はきっと尻《しり》に敷《し》かれるのだろう。

それだけは確かだと思う。


ちょっと話題のパスタ屋さん、は割と高級路線の店だった。ドレスコードがあるような店でこそないが、優雅《ゆうが》なマダムたちが息抜《いきぬ》きに訪れるような雰囲気だ。

つまり、だいぶ落ち着いたお店であり、俺たちはこれといって注目も浴びないまま、席に着くことが出来ていた。

しかし今更《いまさら》ながらに、この外出は何気にデートなのでは？

教官も心のどこかでそう思い始めているのか、そわそわとした表情だった。

「ね、ねえテアくん、お店に入ってからでなんだけど、パスタで良かった？」

「お任せしたわけですし、特に異論はないです」

そう告げると、教官は少し落ち着きを見せ始めた。

「ここは私が払《はら》うから、値段とか気にせずに頼《たの》んじゃっていいからね？」

そう言われると、かえって値段を気にしてしまうのが俺である。

なるべく安い奴にしとくか、とメニュー表を眺《なが》める。

そんな折──

「お、ここ涼《すず》しくてええやん。万年氷と送風機で店内冷やしとるんちゃうか」

──新たな入店客。

その声には聞き覚えがあった。

まさかと思いつつ入り口付近に目を向けると、そこに居たのは──

「ん？　おぉ、テア坊《ぼう》と姐《あね》さんやんか」

「ルミナさん」

帝国《ていこく》五大貴族の一角──ポップルウェル伯爵《はくしゃく》家のご令嬢《れいじょう》にして、悪魔《あくま》研究の第一人者でもあるルミナさんその人が、そこには佇《たたず》んでいるのだった。

お一人様かと思ったら、先日目にした研修中の少女たちを引き連れている。

白衣の集団がパスタ屋にぞろぞろ入ってくる光景はシュールとしか言えない。

「あ、テアさんが居ますよ」「ミヤさんもですね」「デートなんでしょうか」「素敵《すてき》ですよねえ～」「憧《あこが》れちゃいますっ」「それに比べて私たちは」「女ばかりで夢がないですっ」

研修生たちが色々言っていた。

べ、別にデートじゃないのよ……？　と教官が申し訳程度に世間体《せけんてい》を取り繕《つくろ》う一方で、ルミナさんたちは俺たちの真横のテーブルに案内されていた。

「いやあ、すんまへんなぁ姐さん。デートの邪魔《じゃま》、してますやろか？」

ニヤニヤとした謝罪だった。

面白《おもしろ》い現場に遭遇《そうぐう》出来たとでも言わんばかりに。

「だ、だからデートじゃないのよ？」

「ふぅん、ちゃいますの？　単なる食事？　テア坊的にはどうなん？」

「まあ……デートではないですね」

デートかもしれないが、そういう名目での外出ではない。それにだ、デートと答えたら冷やかされそうなので、いじられないためにも否定しておく。

「そうなん？　洒落《しゃれ》た店で男女が食事しとったら、ウチに言わせたらデートやけどなぁ。でもま、デートちゃうなら気兼《きが》ねなく真横で食事させてもらいますわ」

「そういえばルミナがこんなお店に来るだなんて珍《めずら》しいわね。家に引きこもって缶詰《かんづめ》をちびちび食べてるイメージなんだけど」

「そのイメージは失礼とちゃいますかね？　まあ否定は出来まへんけど」

「出来ないのね……」

「今日はこの子らがここに来たい来たいうるさかったから来てやっただけですがな。研究職の道に進もうとしとるくせに、まだまだ色気が捨てきれんメスたちなんですわ。テア坊を見ただけでわーきゃー言いよりますし」

「所長だって似たようなもんじゃないですか」「そうそう」「さっきテアさんを見かけた瞬間、ぼさぼさの髪《かみ》の毛《け》をちょっと整えたりしてたんですよ？」「可愛《かわい》いですよね」

「な、何を言うとんねん！　そんなことするはずないやろ！」

ルミナさんが動揺していた。珍しいこともあるもんだ。

「あら、ルミナったら意外に乙女《おとめ》なのね？」

ここぞとばかりに教官もルミナさんをいじりに走っていた。

「な、なんやねん寄ってたかって……。そ、それよりテア坊、ちゃうからな？　ウチは髪の毛直したりしてへんからな？」

「直さなくても、ルミナさんは可愛らしいですからね」

流れに乗じて俺も少し意地悪にそう告げると、ルミナさんは見る間に赤くなった顔を手のひらで覆《おお》い隠《かく》すのだった。

「ここ敵しかおらへん！」

その後――

ひとまずパスタを注文し、俺たちは食事を開始した。

「あ、せやテア坊、それに姐さんにも、ちょうどいいからひとつ伝えときますわ」

すっかり立ち直った様子のルミナさんが、パスタを巻き取りながら呟《つぶや》く。

「なんかおりますわ」

「なんかおるって、どういうこと？」

「ウチの魔結晶《まけっしょう》が反応しとるんですわ」

ルミナさんは首元に下げた小さな石を指差す。その石は淡《あわ》く光っていた。

「何それ？」

「魔結晶――簡単に言えば悪魔の気配を感知する石ってところやろか。なんでも、悪魔の羽ばたきが発する高周波に反応するとかしないとか」

「初耳だわ。そんなモノどこで手に入れたの？」

「アステラルド神農国からの密輸品ですわ」

「アステラルドって、亜人《あじん》領の？　人間領とはずっと鎖国《さこく》してるのに」

「せやから密輸品なんですわ。この魔結晶はエルフ族の魔法によって構築されているそうで、ウチら人間からすれば仕組みは完全にブラックボックス。ま、せやから神秘的で面白いっちゅうことですわな」

科学に傾倒《けいとう》している人間ほど神の存在を信じると言うが、ルミナさんも普段《ふだん》机上で小難しいことばかりを考えているからこそ、そんな密輸品に手を出したのかもしれない。

「で、それが反応してるってことは、悪魔が帝都《ていと》に居るってことなの？」

「羽ばたきに反応することを考えると、居るっちゅうよりは、現在接近中って感じやと思いますわ。逆に、近場に居たもんが遠ざかってるだけの可能性も」

「その情報を知ってるのは私たちだけ？」

「一応、上の方にも連絡《れんらく》はしてますわ。情報源を伝えたら、眉唾《まゆつば》、と一蹴《いっしゅう》されたっちゅうオチがついとりますけど」

「まあ密輸品だけが情報源だとイマイチよね」

「姐さんも疑っとります？」

「正直ね」

「うーん、そうでっか。でもま、魔結晶の精度に関してはウチもよう分かっとらんので、話半分に聞いてもらえた方が助かる部分はありますわ」

「でも一応警戒《けいかい》はしておくわね」

俺も、頭の片隅《かたすみ》に留《とど》めておこうとは思った。

そんなこんなで。

パスタを食べ終わり、ルミナさんたちとも別れ——

俺と教官は帰路に就《つ》こうとしたものの、まだ日が高いこともあってもう少し市街地を見て回ることにした。

「メイド服だけじゃ、ちょっと弱いかもしれないわね」

家事炊事《すいじ》に形から入り直すためには、まだ足りないモノがあるんじゃないか。

そう考えた教官に連れられ、雑貨屋を訪《おとず》れる。

そこで箒《ほうき》や布巾といった掃除《そうじ》用具を買い揃《そろ》えた結果、教官は満足げに微笑《ほほえ》んだ。

「こんなものかしらね。……さてと、荷物が増えてきたし、どこかで休憩《きゅうけい》しよっか」

「喫茶店《きっさてん》にでも行きます？」

「う〜ん、天気がいいし外で休みましょうよ」

とのことで、俺たちは市街地の中ほどにある自然公園に足を運んだ。

それなりの敷地《しきち》面積を誇《ほこ》る自然公園は、整備された雑木林、走り回れる芝生《しばふ》の広場、その広場に隣接《りんせつ》する大きな池、の三つの要素で構成されている。

俺と教官は池のほとりの木陰《こかげ》に腰《こし》を下ろし、ふぅ、とひと息ついた。

「あんまり、というか人が全然居ないわね」

「平日ですし、暑いですし」

「それもそっか。みんな屋内で仕事したり、休んだりしてるのね」

そういうことだと思う。

しかし木陰に居れば外でも充分《じゅうぶん》に涼しい。

今の俺たちが証人だ。

「ふふっ、誰《だれ》も居なくて気分がいいわね。この広い空間は今、私たちだけのモノよ」

子供っぽい表情を覗《のぞ》かせるミヤ教官。

サラさんの陰に隠れているが、教官にもそれなりに幼い一面はあるんだよな。

「ねえテアくん、もし世界中の人たちが消えて、私たち二人だけになったらどうする？」

「え？」

「この状況《じょうきょう》が当たり前になったら、テアくんはどうするの？」

「それは……どうしましょうか」

「二人だけの世界は寂《さび》しいって思う？　それとも嬉《うれ》しい？」

「嬉しいような、でも寂しいような……」

「じゃあそのときは私たちで家族を作ればいいのかもね、そうすれば寂しくないわ。私も赤ちゃん欲《ほ》しいし」

「あ、赤ちゃん……」

この人は自分が何を言っているのか分かっているのだろうか。

と思っていたら、それは案の定、何も考えずに口走った言葉であるらしく、

「あ――……わ、私ったら何を言っているのかしらね。あは、あはは……」

「はは……」

愛想笑いでやり過ごす。

自爆《じばく》に俺を巻き込まないでいただきたい。

「ま、まあそれはそうと、この公園は今、貸し切りみたいなものよね」

教官が気を取り直すように呟いた。

「ほら、ごろんってしたら……あぁ、いい気持ち」

教官が芝生に寝転《ねころ》がった。

俺も真似《まね》して寝転がる。水平方向から垂直方向に視界が変わって、見えたのは揺《ゆ》らめく木の葉と、その隙間《すきま》からチラチラと望む青空。木陰の涼《すず》しさを感じつつ、撫《な》でるような癒《い》やしの風を浴びて、緑の香《かお》りに心を落ち着かされる。

誰の目も気にせずこんなことが出来るシチュエーションはなかなかない。郊外《こうがい》ならまだしも、市街地でこんな状況は本当に珍しいと思う。

「ね、いい感じでしょ？」

「……はい」

「じゃあテアくん、もっと気持ちがいいシチュエーションに興味はあるかしら？」

「それはどういう……？」

「ちょっと待っててね」

教官はそう言うと立ち上がり、近くの茂《しげ》みに移動した。

……何事だろうか。

もっと気持ちがいいシチュエーションとは一体……？

「て、テアくん？」

――ややあって。

どこか緊張《きんちょう》したような、それでいてからかうような、教官のうわずった呼び声が聞こえてきた。

何かの準備が整ったと言わんばかりの雰囲気《ふんいき》で、俺は少し身構える。

「……なんですか？」

呼び声に応じつつ、俺は上体を起こした。

それから目線をそちらに向けて――直後、

「――えっ……」

俺は我が目を疑うことになった。

「な、何やってるんですか教官……？」

「ど、どうかしら？」

そこに佇《たたず》んでいたのは、ミニ丈《たけ》のエプロンドレスを身に着けた教官――だった。

そう――教官がなぜかメイド化していた。

少し恥《は》ずかしそうに目線を落としつつ、教官はゆっくりと俺の隣《となり》にやってくる。

「い、イケてると思う？」

感想を求める二度目の問いかけ。

しかしそれに応じることはせず、俺はとにかく目を点にし続けた。

「な、なぜそれを着て……？」

疑問が尽《つ》きない。

いやもちろん、その格好自体はとても素晴《すば》らしい。

見繕《みつくろ》ったときにも感じた《無理してる感》がやはりにじみ出ている。

文句の付けようがないパーフェクトな出《い》で立《た》ちだ。

……だが、それを今身に着けたのはなぜか？

俺の横に正座を崩《くず》したような体勢で腰を下ろすと、教官は恥ずかしそうな表情のまま、その疑問に答えてくれた。

「……誰も居ないから、ちょっとくらい弾《はじ》けても大丈夫《だいじょうぶ》かなって思って」

「これはちょっとどころじゃないです……」

「……テアくんの癒やしにもなれるかなって」

「そ、その気遣《きづか》いは嬉しいですけど、でも万が一見られたらどうするんですか？」

「それは……ほら、遠目に今の私を見てもミヤ・サミュエルだってことはそう簡単には分からないでしょうし、だから急いで隠れれば事なきを得られるかと思ってね」

まあ。

言われてみれば確かにそうかもしれないが。

「それよりテアくん……これ、されたくはない？」

そう言って教官がメイド服のポケットから取り出したのは、耳掻《みみか》き棒だった。

もしかするまでもなく、そのアイテムを生かすために教官はこのシチュエーションを構築してくれたのかもしれない。

しかし、

「……いつの間にそんな物を？」

「さっきの雑貨屋さんでね、他の物と一緒《いっしょ》に買っておいたのよ」

なんとも根回しのいい教官だった。

「それよりテアくん、どうする？」

無意識にだろうが、教官はあざとく小首を傾《かし》げ、更《さら》に尋《たず》ねてくる。

「耳掃除《みみそうじ》、する？」

「お、お願いします……」

断れなかった。

拒否《きょひ》出来なかった。

この爽《さわ》やかな環境《かんきょう》下で耳掃除なんてされたら絶対に気持ちがいいに決まっている。

そう考えたら、断るという選択肢《せんたくし》は頭の中から抹消《まっしょう》されてしまった。

「ふふっ……素直でよろしい」

楽しげに微笑んだ教官は、そこからメイドとしての演出を強めた。

「ではご主人様、私のお膝《ひざ》に頭を乗せてくださいますか？」

優《やさ》しい囁《ささや》き。

ご主人様呼び。

しかも敬語だった。

なんという欲張りセット。

俺は照れ臭《くさ》く思いつつも、教官の膝というか太ももに頭を乗せる。

ちょうど絶対領域のあたりに乗せたので、教官の太ももを後頭部でじかに感じる。

ほどよい弾力《だんりょく》だった。

「さあご主人様、どちらのお耳から綺麗《きれい》に致《いた》しましょうか？」

「ええと……左からで」

「かしこまりました。では左耳を上にしてくださいね？」

そうか、仰向《あおむ》けじゃダメなんだ。

俺は左耳が上になるように体を動かす。

すると顔面の右側を、教官のナマの太ももにべったりと押し付ける形になった。

す、すごい……すべすべだし、柔《やわ》らかい……。

「あら、いやらしいことを考えてはいけませんよ？」

「か、考えてないです……」

「ふふっ、では耳掻きを始めますね？　危ないですから、耳掻き中は身動きしないでくださいませ」

そんな優しい注意と同時、ずぞぞ、と耳掻き棒が俺の左耳に入り込んできた。

背筋が震《ふる》える。

未知の感覚だった。

「いかがでしょう？　痛くはありませんか？」

「……だ、大丈夫です」

むしろ快感だった。

心地好《ここちよ》さのあまり眠《ねむ》ってしまいそうでさえある。

耳の掃除なんて基本的にセルフだったが、誰かにやってもらうだけでこんなにも感覚が変わるものか……。

「ふふっ、眠いなら寝《ね》てしまってもいいですよ？　よしよし」

耳掻きだけでなく、頭を撫でられもする。

その波状攻撃《こうげき》は卑怯《ひきょう》だった。

心地好さの二重螺旋《らせん》。

猛獣《もうじゅう》さえも黙《だま》るであろうそのテクニックにはもはや耐《た》えられず――

気が付くと、俺は眠りに落ちていた。

『可哀想《かわいそう》に』

そんな声があった。
どこかの室内。
暖炉《だんろ》の手前。
揺り椅子《いす》。
そこに座る《誰《だれ》か》の――
『可哀想に』
それは哀《あわ》れむような声だった。
(……夢)
夢。
相変わらず《誰か》に抱《だ》かれている赤《あか》ん坊《ぼう》の俺は、その《誰か》から可哀想に思われているらしい。
なぜそう思われているのかは分からない。
分からないまま、その短い夢は終わって――
「……あ、テアくん起きた?」
意識が覚醒《かくせい》する。
まぶたを開けると、教官の顔が真上にあった。

仰向けに膝枕《ひざまくら》されていた。

そんな体勢ゆえに教官の顔だけでなく、豊満な胸の膨《ふく》らみまで目に入る。

少し寝ぼけているのか、俺は目を逸《そ》らすことなくジッとそこを見てしまう。

「……すごいですね」

「え？　すごいって何が……って、こ、こら。どこ見てるのかな？」

教官が恥じらうようにそう言ったのを聞いて、俺の意識はクリアになった。

「す、すみません」

「べ、別に平気……それよりテアくん、一〇分くらいしか寝てないけど、もういいの？」

夢の短さで察していたが、たいして寝てはいなかったらしい。

「どうする？　まだ寝ててもいいけど」

言いながら、教官が俺の顔をむにむにしてくる。

「ふふっ、テアくんのほっぺは意外と柔らかいのよね」

「あ、遊びゃないでくだひゃい……」

「寝るから？」

「いや……寝はしまひぇんけど」

夢の続きは気になるが、寝ている俺のおもり、という負担を教官にかけたくはない。

「ではご主人様、せめて右耳の掃除を致しましょうか？」

「そりぇなら是非《ぜひ》、お願いしましゅ……」

メイドモードと化した教官に頷《うなず》き返す。

こうして膝枕を堪能《たんのう》させてもらったまま、俺は右耳も掃除された。

それが終わると、これといって何もせずぼーっとし始める。

膝枕のままで。

幸せだった。

「しかし教官が目指すべきところは、これではないわけですよね？」

「まあね」

教官がメイド服を買ったのは、ご主人様に尽くすメイドごっこをやりたかったから、ではない。――俺の負担を減らす、というありがたい理由のもと、家事炊事《すいじ》のエキスパートを目指すためだ。

メイドという形から入って、その道を極《きわ》めたがっている。

そのためにすべきことは、もちろん家事炊事の実践《じっせん》あるのみ。

だが形から入ったところで、自分の家で取り組むだけでは、教官の家事はいつまで経《た》っても上達しないのかもしれない。

「家事炊事の鍛錬《たんれん》の手法って何か思い付いてますか？」

「家で地道に、かな」

「それには限界があるように思えます」

「じゃあどうしたらいいと思うの？」

「あえて魔境《まきょう》に飛び込みましょう」

「魔境？」

「孤児院《こじいん》で保母をやるんです」

俺が営む忌《い》み子《ご》の孤児院。

あそこで子供たちの面倒《めんどう》を見る。

そうすればイヤでも家事炊事の技能は向上するはずだった。

「なるほどね……でも今日みたいに仕事を投げ出してばかりはいられないし、住み込みは難しいと思うわ」

「住み込めとは言いません。休日に一日保母をやるだけでも変わるのではないかと」

「ふんふん、休日に一日保母さんね。うん、アリね。じゃあそのアイデアに乗ったわ」

これでひとまず方向性は決まった。

俺としては別に、俺の負担を減らそうなんて気遣《きづか》いはいらないと言えばいらない。

だが俺のそんなエゴで教官の考えを否定するのは違《ちが》うと思うのだ。

教官が家事炊事をマスターしたいというなら俺は全力で応援《おうえん》し、支援する。

それだけだ。

「さてと、じゃあ今日はひとまず帰りましょうか」

「ですね」

まだ夕方でもないが、かといっていつまでもこうしているわけにはいかない。

教官が私服姿に着替《きが》えるのを待って、それから自然公園をあとにした。


——その道すがら。

帰路の途中《とちゅう》。

市街地から離《はな》れて、教官の家まで続く幅広《はばびろ》の農道を歩いていたときだった。

(なんだ……)

言い知れぬ違和感《いわかん》が俺を襲《おそ》った。

違和感。

静かだった。

周囲がとても静かだった。

郊外《こうがい》に続く道は人通りがほぼないこともあって、基本的にはいつだって静かではある。
しかし――
木々のさざめき、虫の鳴き声、農水路を流れる水の音。
無人だろうとお構いなしに響《ひび》き続けるはずのそれらが、今はまったく聞こえない。
（何か……）
何かがおかしい。
見慣れた景色が、いつもと違って見えた。
何も変わっていないはずなのに、何かが変わっている。
何か異変が生じている。
その何かが分からず、だから俺は、
「教官は何か感じま――………教官？」
隣《となり》を歩く教官に意見を求めようとして、言葉を失った。
教官は隣を歩いていなかった。
しっかり付いてきていると思っていたが、それは違った。
一〇メートルほど後方に教官は佇《たたず》んでいた。
そして固まっていた。

歩行状態の人間を瞬間《しゅんかん》的に凍《こお》らせる技術でもあればそうなるんじゃないか、というほど芸術的なまでに教官は固まっていた。

不動、だった。

（なんだこれは……）

なぜ動いていない？

教官がいたずらでも仕掛《しか》けているのかと思ったが、違う。

止まっている。

停《と》まっている。

生命の鼓動《こどう》を感じない。

（時間が……）

そう、まるで――時間が停止しているかのように。

いつからか教官は動いていない。

教官だけじゃない。

すべてが停止している。

だから音がしない。

（俺だけが……）

俺という存在だけが動くことを許されているかのような、そんな世界。
——夢？
いや、そうじゃない。
これは現実だ。
リアルであるはずだ。
こうなった原因として考えられるのは——魔法《まほう》。
人には使えない超常《ちょうじょう》的な力。
この世のことわりを覆《くつがえ》す力。
その中でも時止めの魔法と言えば、
（あの悪魔が得意とする、と文献《ぶんけん》にはあった……）
あの悪魔。
極星一三将軍《ノックスジェネラル》。
その、ひと枠《わく》。
俺が先日、一度だけ遭遇《そうぐう》した存在。
時間と空間を支配する《次元魔道士《ディメンションマスター》》と呼ばれているそいつは、
「——サタナキア」

「むふんっ、正解じゃよ」

空より舞《ま》い降《お》りしひとつの影《かげ》があった。

俺の眼前。

二歩分ほどの近距離《きんきょり》にそれは降りてきた。

一見すると人間の幼女のような外見。

白と黒のメッシュが入り交じった長髪《ちょうはつ》をなびかせ、小柄《こがら》な体にはゴシック調のドレスをまとわせている。

可憐《かれん》な、可愛《かわい》らしい見た目だ。

しかし騙《だま》されてはいけない。

額に生える二本の角と、背中に生え揃《そろ》うおびただしい枚数の羽。

それらが人間ではない証拠《しょうこ》だ。

悪魔だ。

この幼い見た目に反して、実年齢《じつねんれい》も数百歳は優に超《こ》えているはずだろう。

「久しぶりじゃな、というほど日数が経ってはおらぬか」

極星一三将軍《ノックスジェネラル》――サタナキア。

先日、黒ローブの体を回収しに来たとき以来の邂逅《かいこう》。

ルミナさんの魔結晶《まけっしょう》はこの襲来《しゅうらい》を予知していたのかもしれない。

「ご機嫌《きげん》よう。調子はどうじゃ？」

「……これほど大規模な時止めまで使って何がしたい？　何をしに来た？」

警戒《けいかい》しながら問いかける。

するとサタナキアは、

「にゅふ、何をしに来たと思う？」

その幼い顔に笑《え》みを貼《は》り付けながら言った。

「ちなみに戦いに来たわけではないぞ？　わしがそのつもりならばお主などすでにこの世にはおらん、かどうかは怪《あや》しいところじゃな。何せお主は王の血を継《つ》いでおる」

「なら……俺に戦闘《せんとう》以外の用件があるということか？」

「むふんっ、そういうことじゃな。分かってもらえたようで重畳《ちょうじょう》じゃ」

温度差のある反応。

どこか満足げに言って、サタナキアは俺を見つめてくる。

「……なんだ？　用件があるなら早く言え」

言いつつ、俺は迷っている。

サタナキアをこの場で始末するための行動を取るべきか否《いな》かを。

葬撃士《そうげきし》として、何より悪魔を恨《うら》む者として、俺はこいつを始末するべきだろう。

だがここで動くべきなのか？

動いたとして、倒《たお》せるのか？

こいつは今まで出会った悪魔の中では最上位の強さを誇《ほこ》っているはずだ。それでも王の力を――ルシファーの血を、上手く制御《せいぎょ》出来れば圧倒《あっとう》可能なのかもしれないが、

（今の俺に、それは……）

出来るのか？

王の力を頼《たよ》るたびに闇《やみ》の意志に吞《の》み込まれる俺が、これまでで最難関の敵に勝てる見込みは果たしてあるのか？

（ここはひとまず……）

大人しくしておいた方がいいのかもしれない。

そう考え、サタナキアの言葉を待つ。

用件とは何か。

しかし、

「………」

サタナキアは何も言わない。

先ほどから俺を見つめ、黙《だま》っている。

「よくぞここまで……」

ようやく口を開いたかと思えば、わけが分からない。

俺は痺《しび》れを切らした。

「いい加減、用件を言ってくれ。なんのつもりでお前はやってきたんだ？」

「あぁ、そうじゃな……済まぬ済まぬ」

気を取り直したように、サタナキアは続ける。

「テアよ、お主は現状王の血を上手く扱《あつか》えてはおらぬ。そうじゃな？」

「……そうだが、それがどうした？」

「くく、その血を馴染《なじ》ませてやると言ったら、どうする？」

「何？」

「王の血を馴染ませることが出来るならば、お主はそれを望むかえ？」

「それは……今より強くなれるということか？」

「血が馴染めば、そうなるじゃろうな」

「で、お前がそれをしてくれるって？」

「そうじゃよ」

「馬鹿馬鹿《ばかばか》しい。お前を頼ることなど出来ない。俺を騙して何がしたい？」

「騙すつもりはない」

「信じられない」

「そうかえ。じゃがな――」

サタナキアは左の手のひらを俺に向けて、笑った。

「拒否権《きよひ》はないんじゃよ」

「なんだと？」

「お主には強くなってもらう。受け入れよ」

そんな言葉と同時、サタナキアの全身に魔力の波動が確認《かくにん》出来た。

――何か魔法を発動させようとしている……？

「お前……！」

「くひひっ、そう慌《あわ》てるでないわ」

そう言って、それから――

「むんっ！」

と、気合いを込《こ》めるような発声。

その直後だった。

俺の足元に魔方陣《まほうじん》が展開される。

頭上にも、対《つい》をなすようにして同じ魔方陣が展開されて。

頭上の魔方陣が、足元の魔方陣めがけて降りてくる。

さながら万力であるかのように。

「お前！　何をやろうとして——」

「大丈夫《だいじょうぶ》じゃから安心せい」

「そんなの——」

信じられるか、と言葉が出るよりも先に、頭上の魔方陣が俺の頭部に差しかかり——

その瞬間、世界が真っ白に染まった。

まばゆい光でも浴びせられたように何も見えない。

何をされているのか。

どうなってしまうのか。

その答えが分かったのは数秒後のことだった。

「うむ、完璧《かんぺき》じゃな」

サタナキアが満ち足りた声でそう言ったのが聞こえた。

一方で、光が晴れたかのように俺の視界が元に戻《もど》っていく。

「気分はどうじゃ？」

「よく分からない……」

口を動かしてそう呟《つぶや》いた直後、何かがおかしいことに気付いた。

（なぜだ……声が少し……）

妙《みょう》だ。

声が普段《ふだん》より高くなっている。

何より――

目の前にはサタナキア。

それはいい。

それはいいとして――なぜ、目線の高さがこいつと同じになっているのか……。

俺は慌てて自分の体に目を向けた。

サイズがぴったりだったはずの私服が、ダボダボになって脱《ぬ》げている。

「なんだこれは……」

理解が追い付かない。

意味が分からない。
こんなことがあっていいのか。
なぜ体が……。
「にゅふ、驚《おどろ》いておるようじゃな？」
楽しそうに笑うサタナキア。
その存在が、これが現実だと教えてくれる。
確固たる個がそこには佇《たたず》んでいる。
夢でもない。
幻《まぼろし》でもない。
現実だ。
だから、つまり。
体の成長が遡《そ》行《こう》したというこの現象も、信じられないが現実……なのだろう。
そしてそれは――魔法による仕《し》業《わざ》。
「……何がしたい？」
俺の混乱は依《い》然《ぜん》続く。
「なんだこれは……この体は一体……？」

「お主の肉体を一〇歳前後の状態まで戻した、ということじゃな」

「なんだって……？」

「可愛《かわい》らしくて良き、じゃろ？」

「お前……」

「くく、そんな反応すら愛《う》いのう」

「……黙れ」

「むふ、そう言われても愛いものは愛いのじゃ」

見た目は幼女そのものでありながら、その表情は妖艶《ようえん》だった。

「のう、抱《だ》きついてもいいかえ？」

「やめろ……」

「なんじゃ？　照れておるん——」

「——ふざけるのはやめろと言っているんだっ！」

俺はサタナキアに詰《つ》め寄り、その襟元《えりもと》を掴《つか》み上げた。

「この成長遡行になんの意味がある！　いいから説明しろ！」

「暴力は反対じゃぞ？」

「だったら早く説明してくれ！」

「やれやれじゃな。こんなせっかちに育てた覚えはないんじゃが」

「育てられた覚えもない！」

「……そうかえ」

サタナキアは俺の手を払《はら》いのけ、襟元を正しながら続ける。

「よいか？　お主の肉体を一〇歳前後の状態まで遡行させたのは、最初に告げた通り、王の血をお主に馴染ませるためじゃよ」

「……どういう理屈《りくつ》だ」

「お主は王の血を上手く扱えていない。正しくは覚醒《かくせい》した王の血、《醒血》を上手く扱えておらなんだ。肉体に上手く馴染んでおらぬからじゃな。ではなぜ《醒血》が肉体に上手く馴染んでおらぬのか——それはお主の覚醒が遅《おそ》かったからじゃよ」

「遅かった……？」

「本来であれば第二次性徴《せいちょう》を遂《と》げる前の段階で覚醒すべきだったんじゃが、思いのほか時間がかかった。結果として《醒血》が馴染みづらい成人体に近しい状態でお主は覚醒に至り、王の力を中途半端《ちゅうとはんぱ》にしか制御《せいぎょ》出来ずにいる——これが現状じゃ」

「……なぜ大人に近しい状態での覚醒では、王の血が馴染まない？」

「それは、ふむ……なんと説明したらよいか。そうじゃな……大人になってから他国の言語を習得するのは大変じゃろう？　学びが早いのはいつだって子供じゃ。それと同じで、《醒血》への適合が促進《そくしん》されるのも子供の頃《ころ》ということじゃ。簡単に言えばの」

「なるほど……」

大雑把《おおざっぱ》には理解した。

「もう分かっておると思うが、お主の肉体を一〇歳前後の状態に戻したのは、《醒血》の適合を深めて王の力を安定させるためじゃよ」

「それはお前にとって都合が悪いことじゃないのか？」

俺は悪魔を倒《たお》すために力を渇望《かつぼう》している。

王の力を安定して引き出せるようになれば、悪魔にとっては大打撃《だげき》だろう。

「確かにの。悪魔にとって都合が悪いのは確かじゃな」

「なら……どうして俺に力を貸すような真似《まね》を？」

「さて、なぜじゃろうな」

サタナキアは誤魔化すように肩《かた》をすくめた。

真意は読めない。

何を考えているのか。

何を企《たくら》んでいるのか。

「……教えないつもりか？」

「まだ……無理じゃな」

サタナキアはそう言うと、俺に背を向けた。

「ではの。わしはぼちぼち行くとしよう」

ばさっ、と羽が舞《ま》い広がる。

俺はそんなサタナキアの手を摑んだ。

「待て」

「なんじゃ？　くく、わしは強引《ごういん》な誘《さそ》いは好かんぞ？」

「ふざけずに応じろ。この体は元に戻るのか？」

「当然じゃな。《醒血》が馴染《なじ》み次第《しだい》、元に戻るようにしてある」

「それはいつだ？」

「そうじゃな……今から七日程度、かのう」

七日。

つまり一週間もこの状態で居ろと？

……生活に支障が出そうだ。

人前にはむやみやたらと出られないだろうし。

「他《ほか》に聞きたいことはあるかえ？」

「こんなことをして、お前は何がしたい？」

「それに関してはまだ教えぬと言ったじゃろう」

「なら、いずれ聞けるのか？」

「そうじゃな……いずれ、の」

サタナキアは俺の手を払い、羽を羽ばたかせ、足を地面から浮《う》かせた。

「さて、もう聞きたいことはなかろう？」

「ああ……」

ないわけじゃないが、答えてもらえないのであればどうしようもない。

ここは潔《いさぎよ》く手を引いておく。

「ではの。あまり余計な心配はせず、とにかくわしを信用することじゃな」

そう言ってさっさと飛び去るのかと思いきや——

サタナキアは硬直《こうちょく》中の教官に目を向けて、

「わしからもひとつ聞かせてもらおう。お主はあの女が好きなのかえ？」

「は？」

「あの女が好きなのかと聞いておるんじゃ」

「……だったらどうした？」

「趣味《しゆみ》が悪い。もっとちんまいのを好むことじゃな」

そんなことを言って飛び去っていくのだった。

なんなんだよ……。

彼方《かなた》へと消えていくサタナキアを眺《なが》めつつ、俺は戸惑《とまど》うしかなかった。

しかしそれより、

「この体……」

幼児化、である。

王の力を馴染ませるための過程。

サタナキアの意図は分からないが、強くなれるというならばこの状態を甘んじて受け入れはするが——

（どう説明するべきか……）

ダボダボの衣服を引きずりながら、俺は悩《なや》む。

教官やサラさん、他にも遭遇《そうぐう》するであろう顔見知りが成長遡行期間中に居るとして、この状態をどう説明すればいいのだろうか。

そんな風に考えていると、自然の音が俺の耳朶《じだ》を打ち始める。

（……っ、時間が動き出したか）

どうやら時止めの魔法が解除されたらしい。

すると――

「あれ？　テアくんが居ない……？」

時止めがあったことすら分かっていない様子の教官が、呆然《ぼうぜん》とそんなことを言いながら
ややあって俺の存在に気付く。

「あらら、僕どうしたの？　なんだか服が大変なことになっているわ」

「ええと……」

もしかして教官、俺が俺だと気付いていない？　まあそりゃそうか。

「あれ？　というかこの男の子、出会った頃のテアくんにそっくりね……あぁでも、あの頃のテアくんよりはちょっと幼い感じなのかしら。――あ。変なこと呟《つぶや》いちゃってごめんね？　僕、お名前は？　おうち分かる？」

「あの、その……」

ものすごく驚《おどろ》かれるんだろうな、と思いつつ、俺はとりあえず名乗ることにした。

「……テアです」

「ん？」

「俺です、教官。俺はテア・フォードアウトです」

「またまたぁ」

教官はあっけらかんと笑った。嘘《うそ》だと思われているのか……。

「そういう冗談《じょうだん》もいいけど、ちゃんと名前を教えてね？」

「だ、だからテアですよ！　今日教官と一緒《いっしょ》にメイド服を選びに行ったテア・フォードアウトです！」

俺だと信じてもらえるように、本日の行動を付け足しつつ名乗ってみた。

すると教官は多少ギョッとしたように目を見開いたが、

「そ、そんなはずがない……わよね？」

「じゃあもっと言いましょうか？　メイド服を選んだあとパスタ屋に行ってルミナさんと出会ってそれから自然公園で耳掻《みみか》きをしてもらいました。俺はそのテアです」

「う、嘘……」

「本当です！」

「…………」

教官はついに言葉をなくした。

それから俺と目を合わせるようにしゃがみ込んで、

「て、テアくんなの？」

「はい……」

「な、なんで縮んでるの？」

「色々ありまして……」

「あは、あはは……」

理解出来ない状況《じょうきょう》に遭遇したように笑うと、教官はぺたぺたと俺の頬《ほお》に触《さわ》ってから――

スッ、と意識を失うのだった。

「きょ、教官……っ⁉」

人間は処理しきれない事象に遭遇すると、こうして現実逃避《とうひ》するらしい。

結局。

教官が意識を取り戻《もど》すまで、俺はその肩を揺《ゆ》さぶり続けるしかなかった。

第三章　子守り

「――と、いうわけなんですが……」

ミヤ教官の家。

その居間。

目が覚めた教官と一緒に俺はひとまず帰宅していた。

そしてサラさんも交えて、俺の成長遡行《そこう》についての説明を行なっている。

正直に話した。

正直に話す以外の言《い》い繕《つくろ》い方が思い付かなかったのもある。

「そうなのね、サタナキアが……。一体なんのつもりなのかしら。テアくんに力を貸すような真似をして」

目が覚めてからの教官は冷静だった。

今も話をきちんと聞いて、理解を示してくれている。ありがたい。

「真意は分かりません」

「まあ……そうなっちゃったものは仕方がないわね。一週間で元に戻るという話だけど、それが事実かも分からないし、とりあえず経過を観察するしかないかな」

「……すみません教官、迷惑《めいわく》をかけると思います……この姿じゃ家事炊事《すいじ》もおぼつかないでしょうし」

「ううん、何も迷惑じゃないわ。むしろちょうどいいじゃない。テアくんに頼《たよ》らない生活を送ってみろっていう神様からの試練よ、これはきっと」

教官は前向きだった。こういうところが素晴《すば》らしい。

一方で、サラさんがさっきからじーっと俺を眺めていた。な、なんだろう……。

「ねえテアくん」

そしてようやく口を開いたかと思えば、目にも留《と》まらぬ速さで俺のそばにやってきて、

「可愛《かわい》い」

「え？」

「――可愛い！　愛くるしい！　なんなのもう、この最高にキュートな生き物は！」

がばっ、とサラさんが俺を力強く抱《だ》き締《し》めてきた。頬ずりまでしてくる。

ちょ、ちょっと……！

「うへへ～、ほっぺたぷにぷに！　私にとっての天使はここに居たんだね！」

「ね、姉さん！　テアくんから離《はな》れなさい！　絵面《えづら》が犯罪だわ！」

「ねえテアくぅん、私とちゅっちゅしちゃおっか？」

「話を聞きなさい！」

「んもぅ、なんだかあのおばさんうるさいね～。こうなったら私の部屋に行――」

「行かせないから！」

教官はサラさんの前に立ちはだかり、俺を引き離して保護してくれた。……助かった。

「あっ、私の天使が……！」

「誰《だれ》の天使でもないから！　とにかく今のテアくんに負担をかけないでちょうだい」

教官は俺の手を引いてソファーに座らせてくれた。

「はい、テアくんはここで休んでていいからね？」

「ありがとうございます」

「どういたしまして。ふふっ」

小さく微笑《ほほえ》みながら、俺の頭を撫《な》でるミヤ教官。

サラさんが露骨《ろこつ》過ぎて霞《かす》んでいるが、教官も教官で少し俺への態度が甘々になっている気がするな……。

「さてと、じゃあテアくんの代わりに晩ご飯を作らないといけないわね」

教官は一旦《いったん》私室の方へと立ち去っていった。

その五分後、居間に再び戻ってきた教官は、

「――さあ、気合いを入れていくわよっ」

ミニ丈《たけ》のエプロンドレスをその体にまとわせていた。可愛らしい。

三度目の着用だからか、前回までほどの照れはないようだったが、

「うわぁ……」

サラさんが、若干《じゃっかん》引いた表情を浮《う》かべていた。

「……きっつ」

「き、キツくないから！」

「コスプレおばさんじゃん……」

「な、何よ！　形から入ることの何がいけないのよ！」

「いや、形から入るのが悪いとは言わないけどさ……でもこれはキツいって」

「て、テアくんは似合ってるって言ってくれたもの！　ね、テアくんっ？」

教官が俺に助けを求めてきた。

確かに俺は似合っていると告げたが、しかし――キツくないとは言っていない。

似合いつつもキツい。いわゆる《無理してる感》が存分に放出されているその姿を、俺

は素晴らしいと言ったのだ。

ゆえに、どう答えたものかと迷って黙《だま》る。

そしてその沈黙《ちんもく》が、教官には良くない形で解釈《かいしゃく》されたようで……。

「て、テアくんも実はキツいって思ってるの……？」

「い、いや、そうではなくて……！」

「ふ、ふんっ、別にいいわよ！　もうなんとでも言えばいいわ！　私はとにかくこの格好で家事炊事を頑張《がんば》るから！」

そう言って教官は夕食作りのためにキッチンに向かう。

サラさんがやれやれと言いたげに椅子《いす》から立ち上がった。

「はいはい、私も手伝ってあげる」

「ひ、一人で出来るから！」

「出来ないでしょうが。ミヤはひとまず補助をお願い。メインで作るのは私がやるから」

「……分かったわよ」

そうして姉妹《しまい》での調理が始まった。サラさんはなんのかんのお姉さんしてるな。

サラさんがリードに徹《てっ》したおかげで、これといって危険なことも起こらないまま無事に夕食が出来上がる。

それから三人で食事を摂《と》って、食後すぐに後片付けが始まった。

後片付けは教官に一任され、教官は庭の井戸《いど》に食器を洗いに行っている。

「教官、大丈夫《だいじょうぶ》でしょうか」

「いやいや、さすがに食器ぐらい洗えるでしょ」

俺とサラさんは居間で思い思いに過ごしていた。

俺は特に何もしていないが、サラさんは晩酌《ばんしゃく》をしている。

すでに瓶《びん》を二本ほど飲み干していた。……飲み過ぎじゃないか？

「ふへー、ビールうまうまっ」

「あの……気を付けてくださいよ？」

教官同様、酔《よ》うと面倒《めんどう》なことになるのがサラさんである。

「大丈夫だってば。にひひ、私を信じちゃってよ」

「……難しいです」

「えぇ～、信用ないってこと？　それは悲しいかも」

およよ、と冗談めかして目元を拭《ぬぐ》ったサラさんは、それからニマニマと笑いながらゆっくりと俺が座るソファーへ迫《せま》ってくる。

「な、なんですか？」

「でもそうやって身内に対して警戒《けいかい》を維持《いじ》出来るっていうのは、さすがはテアくんって感じだねえ。偉《えら》い偉いだねえ」

そう言って俺の隣《となり》に腰《こし》を下ろすと、サラさんは俺の肩《かた》を摑《つか》んで抱き寄せた。

いい子いい子と頭を撫でて、これ以上ない慈愛《じあい》をくれる。

これはひょっとすると……。

「あは～、テアくん可愛い～。こんなにちっちゃくなって……あぁ、癒《い》やし。ただ存在しているだけでものすごい効能……。にひひ、だからテアくんはね、何もしなくていいんだよ？　これまでたくさん偉い偉いな毎日を過ごしてきたんだから、ちっちゃくなってる間だけでも、余計な気遣《きづか》いをせずに過ごしちゃおうよ。ね？　これ以上偉い偉いにならなくても、テアくんはもう充分《じゅうぶん》に偉い偉いなんだよ？」

……これはやはり、すでに酔っているな。

酔いが極《きわ》まったサラさんは褒《ほ》め上戸と化す。

最近分かったことだが、その褒め上戸は基本的に全方位に向けられる。

そんな折、教官が勝手口から戻ってきたのが分かった。

どうやら食器洗いを無事に終え――

「ふぅ、お皿を一枚割っただけで済んだわ」

……前言撤回《てっかい》。どうやら無事ではなかったらしい。まあ一枚ぐらい別にいいか。

「あ、ミヤったらちゃーんと食器洗いを終わらせてきたんだねえ。偉い偉いだねえ」

「普段《ふだん》いじられ放題だから、姉さんに褒められると怖気《おぞけ》立《だ》つわね……というか、ちょっと目を離した隙《すき》に酔い過ぎじゃないの？」

「あらあら、酔いの心配をしてくれるだなんて、持つべき者は妹だねえ」

「……どちらかと言うとテアくんの心配よ。早速《さっそく》姉さんに絡《から》まれているようだし」

そうです絡まれています、助けてください。

「ほら姉さん、テアくんを離しなさいってば」

近付いてきた教官が、サラさんの魔《ま》の手《て》から俺を解放してくれた。

「あ、ありがとうございます、教官……」

「いいのよ。それよりほら、テアくんはお風呂《ふろ》に入っちゃいなさい。皿洗いのついでに薪《まき》をくべてきたの。姉さんのことは私が食い止めておくから、ゆっくりしてらっしゃい」

「それじゃあ、お先にいただきます」

「あ～んっ、テアくん待ってぇ～！　一人でお風呂は偉い偉いだけど、サラお姉ちゃんと一緒《いっしょ》に入ってくれたらもっと偉――」

「はいはい、姉さんは大人しくしてなさいってば」

「何よもぉ～！　だったらミヤも一緒にどう？　三人で偉い偉いしましょ？」

「偉い偉いって何よ！」

教官がサラさんを食い止めてくれていた。

ありがたく思いつつ、俺はその隙に脱衣所《だつい》へと向かった。


「しかし縮んだな……」

脱衣所の鏡を見ながら、俺はぼそりと呟《つぶや》く。

完全に子供だ。

サタナキアは俺を一〇歳前後の状態に戻《もど》したと言っていたが、この姿は確実に一〇歳よりも前だろう。七、八歳？　あるいはもう少し幼いだろうか。

目線の高さが教官の腹部だったし、シャローネよりも小さいのは間違《まちが》いない。

まあ一週間程度で元に戻ってくれるなら別に問題はなかった。

俺は衣服を脱《ぬ》ぐ。ダボダボのシャツを一枚着ていただけなので、すぐ裸《はだか》になれた。

風呂場に移動する。

ざぱーん、とかけ湯して、まずは薬草由来のボディソープで体を洗おうとしたのだが、その手を止めざるを得ない出来事が直後に訪《おとず》れた。

「──テ～アくんとお・ふ・ろ♪　テ～アくんとお・ふ・ろ♪」

妙《みょう》なリズムを刻んだ呟きと共に、サラさんが脱衣所に入ってきたのが分かった。

……へ？　教官による食い止めは？

「ほらぁ、偉い偉いのミヤも早くおいでなさいなっ」

「ゆわれなくても行くし、なんなら姉しゃんは入らなくていいから……ひっく、テアくんは私のモノなんだから、姉しゃんはどっかに行っててちょうだいよっ」

そう言って妙な調子の教官まで脱衣所にやってきたのが分かって──

(……えっ、これはまさか教官まで酔って……？)

どうやらミイラ取りがミイラになってしまったらしい。

(ど、どうすれば……)

このままだと良くないことになるのは目に見えている。

かくなる上は風呂の裏口から外に逃《に》げて──

「さて、まずはサラお姉ちゃんから入っちゃうぞ～」

しかし脱走《だっそう》計画を実行に移すよりも先に、サラさんがバスタオル一枚の状態で早くも風呂場に足を踏《ふ》み入れてきた。

俺は慌《あわ》てて裏口に手をかけるが──

「にひ、もしかして逃げようとしてるの？　それはダメだぞ～？　君はいい子で偉い偉いの男の子なんだから、そんな利《き》かん坊《ぼう》みたいなことしたらダ～メ♪」

「うわっ……」

「はい確保♪」

近付かれ。

羽交《はが》い締《じ》めするように抱《だ》きかかえられて、俺は洗い場の風呂椅子《いす》に強制送還《そうかん》させられてしまった。ダメだ、もうおしまいだ……。

「んふふ～、テアくんとお風呂だぁ。でも姉しゃんも居るっていうね……」

絶望する俺をよそに、バスタオルを巻いただけの教官も風呂場に入り込んできた。

あぁ、揃《そろ》ってしまった……。

教官とサラさん。

最高にスタイルのいい美人姉妹が、風呂場という密閉空間に揃ってしまった。

しかもバスタオル一枚という危《あや》うい状態で。

胸元《むなもと》には二人とも深い谷間が出来ている。

目に毒だからとそこから目線を下げたところで、今度はバスタオルの裾《すそ》から伸《の》びたナマ脚《あし》に目が行ってしまう。

ぷにぷにではなく、かといってすらりというわけでもない、むちむちの太もも。

それに挟《はさ》まれたいという邪念《じゃねん》が脳裏《のうり》をよぎりつつも、俺はかぶりを振《ふ》って理性を保とうとする。

「あらあら、テアくんが興奮のあまりヘッドバンキングしてるわ」

「苦悩《くのう》のあまり、に訂正《ていせい》願います、教官……」

「この状況《じょうきょう》に苦悩するだなんて、テアくんは贅沢《ぜいたく》過ぎるぞ～？」

サラさんが楽しげに俺の顔を覗《のぞ》き込んでくる。

「にひひ、さあさあテアくん、いい子だから体を洗われましょうねえ」

壁際《かべぎわ》にかけられたタオルを取って、サラさんが椅子に座る俺の背後を陣取《じんど》った。

ところが――

「邪魔《じゃま》よっ」

と、サラさんの手からタオルを奪《うば》い、続けざまに俺の背後というポジションまで奪取《だっしゅ》したのは何を隠《かく》そう教官だった。

押しのけられたサラさんは不服そう。

「ちょっとぉ……これはさすがに偉い偉いとは言えない行為《こうい》なんだけど？」

「ひっく、テアくんは私が洗ってあげるんだから姉しゃんはどいててくれる？」

「ふぅん……酔うと積極的になれるところは相変わらず偉い偉いかなぁ。しょうがないから譲《ゆず》ってあげる。私は頭を洗ってあげよっと」

「頭だけだからね？」

「にひ、分かってるって」

サラさんがシャンプーの容器を持って俺の正面に回ってくる。バスタオルの隙間《すきま》からあらぬ部分が見えそうになって、俺は慌てて目を背《そむ》けた。……この空間ほんとヤバい。

「さあテアくぅん、ミヤちゃんが体を洗ってあげるからね？　姉しゃんにばかり意識をかまけてちゃダメよ？」

そんな中、教官が俺の体を洗い始めてくれて――

「んふふ～、ちっちゃい背中が可愛《かわい》らしいわ。この背中を私のテアくんコレクションに加えたいわね」

「背中をコレクションて……猟奇《りょうき》的なことを言わないでもらえますか？」

そもそもテアくんコレクションってなんだよ。怖《こわ》いから掘《ほ》り下げないでおくけど。

「痒《かゆ》いところはなぁい？　力加減も大丈夫そうかな？」

「だ、大丈夫です……」

「じゃあこのまま継続《けいぞく》させちゃうわね？」

ごしごし、ごしごし。

なんだかんだ心地のいい洗い方で、マッサージでもされている気分だった。

そして目の前ではサラさんが、手のひらでシャンプーを泡立《あわだ》てていた。膝立《ひざだ》ちになってくれたおかげで、目のやり場が一応解消されたものの、

(それはそれで結局、胸が……)

目の前には柔《やわ》らかそうな谷間。それがある限り、目に毒な感じは変わらない。

「じゃあテアくんっ、頭を洗っちゃうぞ～？　偉《えら》い偉いだからジッとしてようねえ～」

「乱暴にしないでくださいよ……？」

「にひ、むしろテアくんが私に乱暴したりして？」

「しません！」

「偉い偉いだもんねえ～。そんじゃあ洗っちゃうぞ～？　それ～い」

なされるがまま、俺は頭を洗われ始める。

優《やさ》しい手触《てざわ》りでわしゃわしゃ、わしゃわしゃ。

泡《あわ》が垂れてきても大丈夫《だいじょうぶ》なように、俺は目を閉じた。

すると、洗われている感覚だけに意識が向かう。

教官とサラさんに、体と頭を洗われている。今思えばすごいなこの状況……。

他人からこんなにも全身を触《さわ》られたことはこれまでになくて、多少こそばゆさを感じているが、今のところ妙なことはされてないし、これがこのまま続いてくれれば――

「むぎゅ～」

「ふおっ……」

しかし穏便《おんびん》に終わるはずもなかった。

抱き寄せられる感覚と同時、俺の顔面が至福の柔らかさに包まれていった。

こ、これは……っ！

「あっ、姉しゃん何やってんの！」

「だってテアくんが可愛らしくて可愛らしくて……にひひ、もう辛抱《しんぼう》たまらないの♪」

サラさんの胸元にいざなわれ、俺はそこに埋《うず》もれていた。

ぷにぷにでふわふわ……おまけにいい匂《にお》いだった。

一刻も早く逃《のが》れるべきなんだろうが……落ち着いてしまう。

「ジッと大人しく頭を洗わせてくれて、偉い偉いだねえ～。シャンプーはまだ終わってないけど、これはとりあえずのご褒美《ほうび》ね？　ほら、おっぱいは気持ちいいかな～？」

「ね、姉しゃんやり過ぎっ！」

「えぇ～、そうかなぁ？」

「そうでしょ！　大体ご褒美ってどういうことなの！」

「だから偉い偉いのご褒美だってばっ！　テアくんはもしかしたら私たちに洗われるのを嫌《いや》がってるかもしれないんだよ？　それなのにジッとしててくれてるんだから、偉い偉いでしょ？　じゃあご褒美はあげなきゃダメじゃない？」

そういう気遣《きづか》いは別の場面で発揮してくれればいいのに……。

「た、確かにそうかもしれないわね」

しかも教官が真に受けているし……。

「でしょ？　だからミヤも偉い偉いのご褒美、あげちゃおうよ」

「そ、そうねっ。姉しゃんに負けてられないし、私もテアくんにご褒美あげちゃうわ！」

あぁ、触発《しょくはつ》されてしまった……一体何をされてしまうのか。

そう思っていると——背中全体がむにゅりと熱っぽい感覚に覆《おお》われた。

どうやら教官が、俺におぶさるようにして抱きついてきたようで——

(む、胸が……)

バスタオル越《ご》しではあるが、背中に魅惑《みわく》の双丘《そうきゅう》が押し付けられていた。

その上、顔面が今もサラさんの谷間を味わっているし、なんだよこれは……。

「にひ……テアくんは今、二人の美人お姉さんからえっちなサンドイッチ状態にされてるんだよ？」

……そういうことになるんだよな。

「どうかな？　気持ちいい？」

「も、もうやめて欲しいんですが……」

サラさんの谷間から顔を上げてそう告げる。……これ以上は気が変になりそうだ。

「ふぅん、やめて欲しいんだ？　えっちなサンドイッチ、略してサンドえっちは嫌《きら》い？　でも略したら三度もえっちする性欲旺盛《おうせい》な人、みたいな感じになっちゃったね。んもぅ、テアくんのえっち」

「俺無関係ですよね⁉」

どうして俺が略した感じになってるんだ！　理不尽《りふじん》過ぎる……。

「にひ、えちえち思考なテアくんへの罰《ばつ》としてまだやめてあ～げない。うりうりぃ～」

「うわ……むふ……」

サラさんが自分の胸を外側から押し上げ、俺の顔を挟んでむにむにし始めた。

気持ち良すぎるそのふわふわ万力に対抗《たいこう》するようにして、教官がおぶさるようなハグを強めてきた。サラさんより凶悪《きょうあく》なお胸がいっそう押し付けられ……くらくらしてきた。

「姉しゃんには負けないから！」

「偉い偉いのテアくんは私のモノじゃダメ？」

「ダメ！」

（うう……）

前も後ろも柔らかい。とても幸せだが、これはとてもいけないことな気がする。

とはいえ、今の俺では力ずくでの脱出《だっしゅつ》は出来ないし、教官たちが飽《あ》きるまで大人しく待つしかないんだろうな。

（早く終わってくれ……）

と思いつつ、結局——俺が解放されたのは一〇分ほどあとのことだった。

しかも解放と言っても密着からの解放であって、頭と体を洗う作業は続けられ——

俺が本当の意味で解放され、湯船に逃れることが出来たのは更《さら》に五分ほどあとである。

（ひ、酷《ひど》い目に遭《あ》った……）

危うい部位まで洗われそうになったときはかなり焦《あせ》ったが、なんとか回避《かいひ》して自分で洗うことが出来たのは幸運だったと言える。

じゃあ今度はテアくんが私たちを洗う番だからね？　などと言われたら俺は湯船ではなく今度こそ屋外に逃走《とうそう》する予定だったが、意外にもそんな展開にはならず——教官とサラさんは姉妹《しまい》で洗いっこを始めていた。小さくなった俺に負担はかけられない、という気遣いの結果なのかもしれない。その気遣いはもっと早く発動して欲しかった……。

「ミヤってばおっぱいおっき過ぎっ」

教官の体を洗いつつ、サラさんがそんなことを言っている。

「これでテアくんを偉い偉いするつもりなの？」

「だから偉い偉いを隠語《いんご》っぽく使うのはなんなのよっ。大体姉しゃんこそ、無駄《むだ》におっぱいおっきいでしょうに」

バスタオルを外した泡まみれの裸体《らたい》で絡《から》み合う教官とサラさんは、おおよそ直視出来る代物《しろもの》ではなかった。綺麗《きれい》で淡《あわ》い胸の突起《とっき》まで見えていて……目に毒過ぎて死にそうだ。

「あ、見て見てミヤ～。テアくんが私たちの戯《たわむ》れに照れちゃってるみたい」

「んふふ～、可愛いわね～」

「ねえねえテアくん、どうせならテアくんも一緒《いっしょ》に偉い偉いする？」

「遠慮《えんりょ》しときます……」

目を逸《そ》らして返答した俺をよそに、やがて教官とサラさんが体を洗い終える。

裸体で戯れていた二人はこともあろうにそのまま湯船に近付いてくると――

「さあほらテアくん、もっと詰《つ》めてくれるかしら？」

「にひ、ぎゅうぎゅう詰《づ》めだね♪」

ざぷんっ、と教官とサラさんが俺を挟《はさ》み込んできた。湯船は大人二人が浸《つ》かれば狭苦《せまくる》しくなるようなサイズなので、現状はぎゅうぎゅうを超《こ》えた何か。

それを多少なりとも解消するためか、教官が俺の小柄《こがら》な体を膝《ひざ》に乗せるのだった。

「あっ、ミヤずるい！」

「んふふ～、早いもの勝ちよ？」

教官は俺を緩《ゆる》く抱《だ》き締《し》めてくれる。

裸《はだか》の教官に密着され、色々と触《ふ》れ合ってしまうが、収まるべきところに収まった感が強くて、俺はなんだか反抗《はんこう》する気にもならなかった。気持ちが良くて、眠気《ねむけ》に見舞《みま》われる。

……今日は色々あった。

買い物からの、サタナキアとの邂逅《かいこう》――そして成長遡《そ》行《こう》。

精神がすり減り、疲《つか》れが溜《た》まる要因は幾《いく》らでもあった。

その上で教官によるこの癒《い》やしは、いい意味でキツい。

まぶたが重くなるのはしょうがないことだよな……。

「テアくんおねむかな？　よしよし」

隣《となり》に浸かるサラさんが、俺の頭を撫《な》でてくれる。それより、丸見えの胸を少しは隠《かく》して

「うえっ……」

くれませんかね……。

一方、サラさんの行動によって、教官も俺が眠いことに気付いたらしい。

「あら、眠いなら寝《ね》ちゃってもいいんだからね？」

「いえ……大丈夫です」

ここで寝てしまったら妙《みょう》なイタズラを仕《し》掛《か》けられそうな気がする。

「にひひ、無理しなくていいんだよ？　安心して？　寝たらテアくんの偉い偉いな部位を少し拝ませてもらってからきちんとベッドまで運んであげるからね？」

何も安心出来ないこの感じが逆にすがすがしい。

「姉しゃんったら、もぅ、下品でイヤになるわね……」

どうやら教官にはまだ最低限の良心が残っているらしい。良かった。

「よちよち、テアくんのことはこのミヤちゃんが守ってあげるからね？　遠慮なく寝ちゃっても構わないわよ？」

「あ、ありがとうございます……」

とはいえ、教官はサラさんを食い止めきれず、こうして一緒にお風呂《ふろ》まで攻《せ》め込んできた前科があるわけで……。

（やはり……身を委《ゆだ》ねるわけにはいかないよな）

そんなわけで。

俺はきちんと目覚めたまま、お風呂での時間を過ごすことになった。

——風呂上がり後。

小さくなった俺を一人で寝かせるわけにはいかない、という謎《なぞ》の論調を繰《く》り広げつつ、すっかり酔《よ》いから醒《さ》めた教官とサラさんが「私がテアくんと寝るわ」「いや私とだね」などと言い争いを行なっていた。

しかし「どちらとも寝ません」と俺が普段《ふだん》通りの独り寝宣言をしたことによって、そんな火種はあっさりと鎮火《ちんか》し——

——翌朝を迎《むか》えた。

あの妙な夢を見ることなく目覚めた俺をよそに、この日から教官が家事炊事《すいじ》に本格的な取り組みを見せ始めた。

小柄となり、身体的に家事炊事が厳しくなった俺に代わって、仕事に行く前の教官がサラさんの手ほどきを受けながら朝食作りや洗濯《せんたく》をしていく。

「にひひ、ちょっと聞いてよテアくん、ミヤってばテアくんの洗濯物の匂いをこっそりと嗅《か》いじゃって——」

「ち、違《ちが》うのよ！　洗濯物ってどういう匂いなのかなって嗅いでみただけだから！」
「嗅いだのは事実なんですね……」
なんて出来事もありつつ、初日、二日目と時間は過ぎ去り――
三日目の朝が訪《おとず》れた。
成長を遡行させられてから、三日目。
俺はこの日、またあの夢を見て目覚めた。
――あの夢。
赤《あか》ん坊《ぼう》の俺と、モヤがかかった《乳母《うば》》。
その組み合わせが織りなす奇妙《きみよう》な夢。
しかし今回は少し内容が違っていた。
時間が進んでいた。
俺は若干《じやつかん》成長し、よちよちと歩けるぐらいにはなっていた。
そんな俺が、モヤがかかった乳母と一緒に遊んでいる夢だった。
昔の記憶《きおく》――なのだろう。
俺は乳母によほど懐《なつ》いていたようで、とても楽しげだった。
乳母も乳母で、熱心に俺の相手をしてくれていた。

そんな乳母に、俺は親近感を覚え始めている。
乳母は悪魔《あくま》で、憎《にく》むべき相手だろうが、きっと悪党ではない。
俺にとって乳母は、育ての親に違いなかった。
会えるなら会いたい。
乳母に会えれば色々と分かるはずなのだ。
俺が人間領に捨て置かれた理由や、母親のことなんかも。
(だが、会う方法なんて分からない……)
だから結局、今は自分のルーツを探《さぐ》れない。
俺は夢の振《ふ》り返《かえ》りをやめる。
どうにもならないことを考えてもしょうがない。
ベッドから降りて居間に向かう。
廊下《ろうか》にはいい香《かお》りが漂《ただよ》っていた。
「あ、テアくん、おはよ」
居間に足を踏《ふ》み入れると、教官が朝食を並べているところだった。
テーブルの上には目玉焼きとベーコン、サラダの器《うつわ》が置かれている。
サラさんはまだ起きていない様子。

つまり、それらを用意したのは紛《まぎ》れもなく教官で。

（成長している……）

家事をこなすときの教官は、ミニ丈《たけ》のエプロンドレス姿だ。そのように形から入り直したことが功を奏したのか、あるいは単純に教官の吸収力がすごいのか、いずれにせよ目の前の朝食を一人で用意出来るぐらいには成長している教官だった。

苦手だった卵割りもなんとか出来るようになったようで、その成果がテーブル上の目玉焼き、ということになるんだろう。

多少焦《こ》げ付《つ》いているが、食べる分には問題なさそうだ。

「もう食べちゃってもいいわよ？」

「はい、いただきます」

俺は椅子《いす》に腰《こし》を下ろし、朝食を食べ始めた。

そこにサラさんが起きてきて、へぇ、と感心するようにテーブルの上を眺《なが》め出す。

「なんだかんだ形にはなってきたんじゃないの？」

「あぁおはよう姉さん。でしょう？　ほら、姉さんの分もあるから食べちゃって」

そうしてサラさんにも朝食が用意され、最後に教官も自作の朝食を胃に収めていた。

朝食のあとは後片付け、掃除《そうじ》、洗濯。

サラさんが少し手を貸しつつも、基本的には教官がこなしていく。

「ふぅ、疲れた……」

やがて朝の家事をやり遂《と》げると、教官はテーブルでひと息つき始めた。

時間はまだ八時を過ぎたばかり。

「さて、今日の本番はここからよね」

「ですね」

というのも、教官がお休みの今日は、先日立案した『孤児院《こじいん》での一日保母』を行なう予定になっていた。

これから俺も一緒に孤児院まで移動し、教官の保母活動を見守るつもりだった。

「子供たちに迷惑《めいわく》かけちゃダメだよ？」

「姉さんに言われなくても分かってるわ。じゃあテアくん、ぼちぼち行きましょうか」

「え、その格好で行くつもりなの？」

「悪い？」

そう、教官はメイド服姿のまま孤児院に向かうつもりらしい。家事炊事をやる上で、だいぶ精神面の支えになっているようだ。

俺は別に構わないと思う。これで市街地に出かけるとなればさすがに教官の名誉《めいよ》を気にして着替《きが》えさせるものの、教官の家から孤児院までのルートはひたすら郊外《こうがい》だし。

「別に街中へ行くわけじゃないんだから、悪いとは言わせないわよ」

「いや、別に悪いとは思わないけどさ、子供たちがショックを受けるんじゃないかな？」

「しょ、ショックを与《あた》えるほど論外な見た目ではないわよ！」

「あぁそっか、逆に幼い男の子たちの趣味嗜好《しゅみしこう》を歪《ゆが》める恐《おそ》れがあるかもね。理想の女性像がコスプレお姉さんとかになったら、ミヤは責任取れるの？」

「そ、そんなことにはならないから！　多分！」

多分て……。まあ孤児院の運営者として俺がそんなことにはさせないけどな。

教官が俺の手を取って、玄関《げんかん》に向かい始める。

「とにかく姉さんは留守番ね？　夕方には戻《もど》ると思うから」

「はいはい、いってらっしゃ～い」

そうしてサラさんに見送られ、俺と教官は孤児院に出発した。

「ねえテアくん、一日保母さんの件って、向こうには伝えてあるのよね？」

「もちろん俺からシャローネに話は通してますよ」

話と言っても、手紙で伝えただけだ。

近いので直接話しに行ってもよかったが、この姿を見せるのに少し抵抗《ていこう》があった。

覚悟《かくご》が決まったので、結局は俺も乗り込ませてもらうが。

「小さくなったこと、私と姉さん以外の誰《だれ》にもまだ言ってないんでしょ？」

「余計な騒《さわ》ぎにはしたくないですからね」

誰にも言ってないどころか、誰とも会ってない。この姿でやれることなんてたかが知れていることもあって、元に戻るまでジッとしていることにしたのだ。今は別だが。

やがて孤児院が見えてきて、前庭にはメイスを素振《すぶ》りするシャローネの姿があった。

今日は教官の指導役として休暇《きゅうか》を取ってもらっている。

「あ、ミヤさんっ。おはようございますっ！」

敷地《しきち》に足を踏み入れると、シャローネが元気よく駆《か》け寄ってきた。今日も今日とて小型犬のような奴《やつ》だ。本人にこれを伝えたらめちゃくちゃ怒《おこ》られるだろうが。

「今日はよろしくね、シャローネちゃん」

「はい、こちらこそっ。……というか、すごい格好ですね」

「気合いを入れるためよ。変かしら？」

「い、いえっ、お似合いだと思いますっ！」

「あら嬉《うれ》しい」

……お世辞を真に受けている教官だった。ちょろいなあ。

「あの……ところでミヤさん、その子はどうしたんですか？」

シャローネが俺を見ながらそう言った。

教官もそうだったが、やはり初見では俺だと思わないらしい。

教官は含《ふく》み笑《わら》いを浮《う》かべつつ、俺の頭にぽんと手を乗せてくる。

「あのねシャローネちゃん、この子はなんとテアくんなのよ」

「……はい？」

何を言ってるんだろうこの人、と言いたげなシャローネだった。

「あの、ミヤさん……妄言《もうげん》も大概《たいがい》してください」

「も、妄言じゃないから！　大真面目《まじめ》に心配そうにするのやめてくれる⁉」

「で、でもだって、この子がテアのはずないですよ。もしテアだとすれば、テアが小さくなったってことですか？　ありえないですよそんなのっ」

至極《しごく》まっとうな反応なんだろうな、これ。だがこの問答を長引かせるつもりはない。

「シャローネ、残念ながら俺は俺だ」

「え？」

「俺はテア・フォードアウトだ。とある悪魔の魔法によって成長が遡行《そこう》した状態にある」

「え……――ええっ⁉」

喋《しゃべ》りの雰囲気《ふんいき》で判断が付いたのだろうか、シャローネは目を白黒させて驚愕《きょうがく》していた。

「う、嘘《うそ》でしょ……」

「本当だ」

そう告げた俺の前にシャローネが恐る恐る歩み寄ってくる。

ただでさえ小さいシャローネの、その胸元《むなもと》までしか俺の身長はなかった。

「……ほんとにテアなの？」

「ああ」

「……あたしよりちっちゃい」

「屈辱《くつじょく》だな」

「……あたしはちょっと嬉しいかも」

「お、おい頭を撫《な》でるなよ……」

「だってこんなこと二度と出来ないかもしれないし。よしよし」

感激したような表情で、シャローネは俺の頭を撫で続ける。くっ、照れ臭《くさ》い……。

「やっぱりこうなったテアくんの頭はみんな撫でちゃうのよね。母性に訴《うった》えかける何かがあるのかもしれないわ」

うぅ……今すぐその何かを消し去りたい気分だ。

「ねぇテア、このチビテア状態からは元に戻れるの？」

「あ、ああ、その点は心配無用のはずだ」

「そ。なら良かったっ」

というわけで、俺たちはそれから孤児院の中に入り込んだ。

「さあほらあんたたちー、今日保母を務めてくれるミヤさんが来たわ。挨拶《あいさつ》して」

教官がたまに食料を提供している影響《えいきょう》で、教官と子供たちは初対面ではない。

子供たちが気後《きおく》れせず教官に挨拶し始める。

「えっと、ミヤさん。今日はよろしくお願いします、ね」

シャローネに次ぐ年長者、おっとり少女のミミがふんわりと頭を下げた。

その一個下の元気っ娘《こ》ラナが、

「わっ、メイドだ！　ミヤ姉ちゃんメイドになったの⁉」

と教官に駆け寄って、エプロンドレスの裾《すそ》をめくり上げるという素晴《すば》らしい行動、もとい愚行《ぐこう》を巻き起こした。

「うぇへへ、白だぁーっ！」

「こ、こら！　ラナちゃん何するのよ！」

教官が慌《あわ》てて裾を押さえたものの、すでに全員が純白のそれを目撃《もくげき》していた。

そんなこんなで子供たちから《白パンメイド》というダイレクトなあだ名を付けられ、絶望し始めた教官をよそに、子供たちの注目が今度は俺に向く。

色々と騒がれる前にさっさと正体を打ち明けたところ——

「えっ……テア兄さんなの？」

「テア兄ちゃん可愛《かわい》いーっ！」

と、ミミとラナが思い思いの反応を見せたのちに俺の頭を撫で始め——

他の子供たちもそれに追随《ついずい》し、真似《まね》し始めるという始末。

……俺の頭は東国のお地蔵様ではないんだがな。

「さて、じゃあ子供たちのことはテアに任せて、っと。ミヤさんはあたしと一緒《いっしょ》に家事、やりましょうか」

「ええ、指導をお願いするわねシャローネちゃん」

「任せてくださいっ」

教官の一日保母活動が、こうして始まるのだった。

俺が子供たちと戯《たわむ》れている中、教官はまずシャローネと洗濯《せんたく》を始めていた。

孤児院だけあって、洗濯物は山ほどある。しかも泥《どろ》などの頑固《がんこ》な汚《よご》れ付きが大半だ。

たいして汚れのない大人の衣類しか洗ったことがない教官にとって、孤児院の洗濯作業はかなり重労働だと思う。

実際、教官は大変そうだった。シャローネから泥汚れの落とし方などを事細やかに習いつつ、井戸《いど》の横で洗濯板と洗剤《せんざい》を用いて格闘《かくとう》している。

だがその分、経験値は高くなりそうだった。

「ねえテア兄ちゃん」

そう考えていると、俺とボードゲームをプレイ中のラナがむっと腕《うで》を組んだ。

「なんだ？」

「テア兄ちゃんってミヤ姉ちゃんとシャローネ姉ちゃんのどっちが好きなの？」

「……は？」

「やっぱりおっぱいの差でミヤ姉ちゃん？　ねえねえ、どうなの教えてよ～」

「ノーコメントだ」

「えぇー！　そうやってはぐらかすからテア兄ちゃんってズルいよねぇ……」

ラナが不服そうに唇《くちびる》を尖《とが》らせる。

横で対戦を見守っているミミが、そんなラナを見て小さく笑っていた。

「もしかしたらテア兄さんは、ラナのことが好きなのかもしれないよ？」

「えっ、そうなのテア兄ちゃん？　にしし、参ったなぁ」

「別にそういう目では見てないから安心してくれ」

「はあ？　なんだよもぉーっ！　じゃあ誰のことが好きなんだよテア兄ちゃんは！」

「──わたし」

そのときだった。

「テアはわたしのことが好き」

無感情な声が不意に挟《はさ》まった。

「だ、誰の声⁉」

おびえるラナ。

今しがた耳朶《じだ》を打ったその声は、本来であればここで聞こえるはずのない声だった。

しかし聞こえたからには、居る──のだろう。

一体どこだ……、と視線を巡《めぐ》らせたその矢先、縁側《えんがわ》の軒下《のきした》からぬっ、とこちらを覗《のぞ》くように銀髪《ぎんぱつ》の頭部がひとつ飛び出しているのが分かった。

ひぃっ⁉　と子供たちが室内の隅《すみ》にしりぞいていく一方で、その銀髪の頭部がぶるぶると振《ふ》られ、暖簾《のれん》のようになっていた前髪《まえがみ》が分かたれる。

あらわになった尊顔は、果たしてエルザのものだった。

「お前な……化け物みたいな登場の仕方はやめてくれ」

「すべては愛ゆえに。少しでもテアの印象に残りたくて、わたしはこうしている」

「そ、そうか……お前任務は？」

「ここにミヤとおチビが集結する予感を今朝感知したから、休んでここに来た」

「なんかもうすごいな……」

というより。

「……お前、俺のことが分かるのか？」

「当たり前。テアでしかない」

エルザは軒下から完全に這《は》い出ると、相変わらずの無表情で俺のそばにやってきた。

「姿が変わろうと、わたしには分かる。匂《にお》いが同じだから」

……犬か何かなのかこいつ。

「それより、今のテアはすごくラブリー。わたしはもう我慢《がまん》出来ない。犯《おか》していい？」

「頼《たの》むから子供たちの前で妙《みょう》なことを口走るのはやめてくれ」

「先走り？」

「お前な……口を縫《ぬ》い止めるぞ」

「下の口は縫い止めないで欲しい」

「…………」

俺はもうまともに取り合うことをやめた。

しかしエルザが俺の衣服に興味を示してきたので、会話は続く。

「テアの今のサイズに合ってるこの服、ツギハギだらけ。お手製？」

「いらない衣服を組み合わせて、教官が作ってくれたんだ」

先日、サラさんからソーイングセットを借りた教官が、慣れない裁縫《さいほう》作業を夜通し行なって作ってくれたのだった。

「わたしに言ってくれればもっといいモノを作ったのに」

「お前のことだから、どうせ縫い糸の代わりに髪の毛を使うんだろうな」

「髪の毛なんか使わない。下の毛を使う。生えてないけど」

「…………」

もはや発想が異次元だった。あと最後の情報は要《い》らない……。

「──あっ、なんであんたが居んのよっ！」

そんな折、教官への指導を一段落させたらしいシャローネが、井戸のそばからこちらに戻《もど》ってきてしまった。……バッドタイミングだな。

「あ、無個性おチビだ」

「誰《だれ》が無個性おチビよ！　そんなこと言ったらあんたはただのド変態じゃん！」

「いえい」

「無表情でいえいじゃないわよ！　子供たちに悪影響《あくえいきょう》だから帰って欲しいんだけど！」

「断る。テアが居るところがわたしの居るべきところ」

「テアにも迷惑《めいわく》だわ！」

「迷惑かどうか決めるのはおチビじゃない」

エルザはそう言うと、俺と目を合わせ、かがんだ。

「孤児院《こじいん》の主はテア。そのテアが邪魔《じゃま》だというならわたしは帰る」

「まあ……別に帰る必要はないな。ただ大人しくしててくれ」

「じゃあテアを膝《ひざ》の上に置かせて欲しい。そうすれば大人しくしてる」

正座するように腰《こし》を下ろすと、エルザはおいでと言わんばかりに両腕《りょううで》を広げた。

「さあ、かもん」

「そこに座れば大人しくなるんだな？」

「なる」

そういうことなら、と俺はエルザの膝の上に腰を下ろした。

「よしよし、いい子いい子」

ものすごく満足そうに俺の頭を撫で始めるエルザだった。

「おっぱい飲む？」

「出ないだろうが」

「テアが出るようにしてくれればいい」

「結局お前大人しくなってないよな？」

もっとも、エルザはこういうもんだと割り切るしかない。

シャローネが呆《あき》れて口を閉《と》ざし、子供たちは引き続き戦々恐々《きょうきょう》としているが、そうした自分の扱《あつか》いをものともしない無駄《むだ》な強さがエルザにはあった。

「はあ、やっと洗濯物が片付いたわ……」

そこに洗濯作業をやり終えた教官が、腰をトントンしつつやってきた。

板で洗っている間ずっと中腰で、干す際もカゴから取り出すためにかがむ動作を繰《く》り返していたので、腰に疲労《ひろう》が溜《た》まっているのかもしれない。

「教官、お疲《つか》れ様《さま》です」

「……まだまだこれからだけどね」

家事は洗濯だけではない、ということだよな。

「あら……エルザが来ていたのね」

「ん、お邪魔してる。そんなキツい格好で何してるの？」

「き、キツくないから！　ピチピチだから！」

「ピチピチという単語を持ち出す時点でキツい」

「ぐはっ……」

エルザの口撃《こうげき》がクリティカルヒットしてるな……。

「ちょっとエルザ！　ミヤさんをからかうのはやめなさいよ！」

「事実を言っただけでからかったことになるミヤが悪い」

……まあ確かにな。

「それに、そんな格好をしてるくせにテアへのご奉仕《ほうし》はしてなさそうなのがマイナス。メイドならメイドらしく三つの口でテアを気持ち良くさせるべき。そうでしょ、ミヤ？」

「あなたのメイド観どうなってるのよ……」

教官は呆れ果てていた。

「メイド＝肉べｎ——」

「言わなくていいから！」

「じゃあ言わないでおく。それよりミヤ、家事炊事《すいじ》の修行《しゅぎょう》大変そう」

「ま、まあね……。でもテアくんのためだから、幾《いく》らでも頑張《がんば》れるわ」

——俺のため。

俺の負担を減らすために、教官は家事炊事を学んでいる。

そして少しずつ上達している。

ありがたいし、すごいことだと思う。

この調子でいけば、教官は女性としてひと皮剝《かわむ》けるだろうな。

「じゃあミヤさん、次はお掃除《そうじ》です」

「お掃除ね……ええ、どんと来いだわ」

やる気を再注入した様子で、教官はシャローネとの掃除を開始する。

自宅だとせいぜい掃《は》き掃除しかやらない教官だが、孤児院ではシャローネが率先《そっせん》して雑《ぞう》巾《きん》がけをやっているので、それに倣《なら》って教官も雑巾がけをやり始めていた。

教官の腰が壊《こわ》れないことを祈《いの》っておこう。

二時間後。

雑巾がけはもちろん、風呂場《ふろば》の掃除なども終わらせた教官が、ぐったりとした様子で俺の居る縁側までやってきた。

「て、テアくぅん……私を励《はげ》ましてちょうだい……」

教官はだいぶお疲れのようだった。

体力には自信があるはずの教官だが、戦闘《せんとう》と家事とでは使う筋肉が違《ちが》うのだろう。

その結果、スタミナがごりごりに削《けず》られたらしい。

「ミヤがこうなってしまうだなんて、孤児院の保母さんはブラックなお仕事？」

「まあ楽ではないな」

子供の数に比例して仕事量が増える。

子だくさんの主婦の更《さら》にその上の忙《いそが》しさ、といった感じだろうか。

葬撃士《そうげきし》との掛《か》け持《も》ちでそれをちゃんとこなしているシャローネは、今にして思えばすごいのかもしれない。

「でも普段《ふだん》はミミやラナも手伝ってくれてるしね。今日はミヤさんがほとんどの仕事を引き受けてくれてるから、いつものあたしより大変だと思うわ」

夏場でもあるしね、とシャローネも一旦《いったん》縁側に戻ってきた。

「だからほら、言われた通りに励ましてあげたら？」

「励ませと言われても、一体何をすれば……」

あぁ生き返るぅ――……、と縁側に腰掛けて涼《すず》しい風を浴びているミヤ教官。

そんな教官に俺は何が出来るのか？

出来ることなんて恐《おそ》らくはたかが知れている。

でもやらないよりはマシだろうと考えて、俺は——

「教官、頑張ってください」

そう告げながら、教官の背後に回ってその肩《かた》を揉《も》んでみた。本当なら腰でもマッサージしてあげたいところだが、つかの間の休憩《きゅうけい》であろう今、それは時間的に難しい。

教官は首をわずかに振《ふ》り返らせ、小さく微笑《ほほえ》んでくれた。

「あら、ありがとね」

「いえ、こんなことしか出来ませんから」

「充分《じゅうぶん》よ。完全復活だわ」

この程度のことで疲労が消えるはずもないのだが、教官は疲れの色を顔から消して、すくっとその場に立ち上がった。

「さてシャローネちゃん、次のお仕事をやりましょう」

「了解《りょうかい》です。次は昼食の用意ですね」

言われてみれば、もうそんな時間なのか。

「昼食作りにはわたしも参加する」

エルザがそんなことを言い出した。……面倒事《めんどうごと》の予感がすごいな。

「なんであんたも参加したいの？」

「子供たちの胃袋《いぶくろ》を掴《つか》めば、テアとの結婚《けっこん》に向けて外堀《そとぼり》を埋《う》められるはず」

……ろくでもない動機だった。

「というわけで、キッチンにれっつごー」

「ちょ、ちょっと！　参加していいなんて誰も言ってないんだけど！」

「わたしの中のテアがいいって言ってた」

「イマジナリーテアっ⁉」

「だから参加させてもらう。ミヤ、勝負しよ？　どっちが美味《おい》しいモノを作れるか」

「あっ、なんなのよもう！」

シャローネの制止を無視して、エルザがキッチンに向かってしまった。

「まあいいじゃないのシャローネちゃん。勝負くらい受けて立つわよ」

「で、でもあのストーカー女って割と料理が上手なんですよ？」

「知ってるわ」

「だから対決みたいなことをしたら、ミヤさんの料理が引き立て役みたいになるんじゃないかって……」

「あらそっか、心配してくれてるのね？」

ありがとうシャローネちゃん、と教官は優《やさ》しく笑った。

「でも大丈夫《だいじょうぶ》。負けるつもりはないから。あの子より美味しいモノを作ればいいだけの話でしょ？」

「それはそうですけど……」

教官は簡単に言うが、難しいだろうな。

エルザの調理技能は無駄に高い。

それに比べて教官はまだまだ修行が足りない。

やる前から結果は目に見えているが……。

「さて、私もキッチンに行かないとね」

教官は臆《おく》することなくキッチンへの移動を始めた。

はあ、どうなることやら。

「……あたし、ミヤさんに加勢した方がいいのかな？」

「それはやめとけ」

自身の何かを向上させたいときは、やはり競争相手が居た方がはかどる。

教官もそれは理解しているだろうし、奇《く》しくもその環境《かんきょう》が整った。

しかも負《ま》けず嫌《ぎら》い。

教官が張り切って挑《いど》むのは当然であって、その邪魔は許されない。

「加勢するにしても、器具の用意とかその程度に留《とど》めとけ。それ以上は恐らく教官自身が望まないはずだ」

「それもそうね、分かったわ。じゃあテアは引き続き子供たちの相手をお願いね」

「ああ」

縁側《えんがわ》を離《はな》れていくシャローネの背中に返事を告げる。

（さて……）

この勝負の審査《しんさ》員は多分、子供たちになるんだろう。

そうなると、いかに子供ウケするモノを作れるか、に懸《か》かってくると思う。

それならば正直、教官にも勝ち目はあるのかもしれない。

悲惨《ひさん》な結果にならないようにと、それだけは祈っておこう。

一時間後。

調理の時間が終了し、食堂のテーブルにエルザと教官の料理が並べられていた。

「——自信作」

そう言って胸を張るエルザが作ったのは、夏場にふさわしい冷製スープだった。

より厳密に言うなら、人参《にんじん》とパプリカとほうれん草の冷製ポタージュ、だそうで、子供たちが夏バテしないように、という健康面への配慮《はいりょ》をしつつ作り上げたモノらしい。

「色が緑じゃん……」

そう呟《つぶや》いたラナを始め、正直子供ウケはよろしくないようだった。

俺の前にも冷製ポタージュの深皿が置かれているが、確かに緑。

食事として出てきたときに喜べる色かと言われると難しい。

一方――

「え、これはもしかしたら勝てちゃうの？」

冷製ポタージュへの反応を見て若干《じゃっかん》そわそわし始めるミヤ教官。

そんな教官が作ったのは、大量の唐揚《からあ》げだった。

シンプルイズザベスト、の地を行くような王道おかず。

大皿にこんもりと盛られた唐揚げからは一応いい匂《にお》いが漂《ただよ》っていた。

「ミヤ姉ちゃんのは旨《うま》そうっ」

そしてやはり唐揚げは子供ウケが良さそうだった。

この段階で多数決を取ったら満場一致《まんじょういっち》で教官の勝利に終わるだろう。

しかし肝心《かんじん》なのは実際に食べた上での評価だ。

「とりあえず、冷製ポタージュから食べてみて」
シャローネが促《うなが》してくる。
シャローネは調理の過程を二人の間近で眺め、なんなら味見もしているはず。
勝利に近いのはどちらなのか、おおよそ把握《はあく》していると思う。
そのシャローネが冷製ポタージュから、と言ってきたことに何か裏はあるのだろうか。
唐揚げを作った教官の勝利を確信し、エルザを前座扱《あつか》いにしているとか？
（まあとりあえず……）
食べてみるべき、なのだろう。
俺と子供たちは食材に感謝を捧《ささ》げ、それから冷製ポタージュをスプーンで口に運んだ。
すると──
「ん……意外と悪くない、かも？」
ミミがそう呟く。そしてふた口目へ。
他の子供たちもふた口目を口元に運んでいく。
俺も同じだった。
想像以上に悪くない。
なんなら普通に美味しい。

見た目の緑からは想像出来ないぐらい甘く仕上がっていて、スイーツ感覚と言ったらそれは少し違うが、ひんやり感と相まって夏場の昼にはちょうどいい。

自信作、と言っていただけはあるな。

(しかし……)

かなり美味しいとはいえ、これは相手が悪いと言える。

舌の肥えた大人相手ならば、この冷製ポタージュを作ったエルザが勝利してもおかしくはないだろう。

だが審査するのは子供たち。

子供はやっぱり唐揚げだろうよ。

「じゃあ次、ミヤさんの唐揚げを食べてみて」

シャローネが再び促してくる。

その瞬間《しゅんかん》から、子供たちが大皿の唐揚げをすごい勢いで取り分け始めた。

さすがは唐揚げ、大人気だ。

「む……味で勝っていればわたしにだってまだ勝機はある……」

唐揚げに対する子供たちの食い付き具合を見て、エルザが悔《くや》しげに呟いていた。

味で勝っていれば、とは言うが、唐揚げに味で勝つこと自体が困難を極《きわ》めるだろう。

唐揚げは基本的に失敗しようがない。

以前の教官であれば失敗していただろうが、今はこの通りだ。

多少揚げ過ぎ感があるだけでそれ以外の問題点はまったく見当たらない。

むしろサクッとしていて揚げ過ぎがプラスに働く可能性もありそうだ。

（これは教官の勝ちだな）

まだ食べていないが、俺はもはや勝利を確信する。

教官は戦いの中で成長したのだ。

この勝負で唐揚げをチョイスするセンスは見事だし、その唐揚げをきちんと作ってみせたこと自体も素晴《すば》らしい。

石窯《いしがま》から黒煙《こくえん》を噴《ふ》き上げさせていたあの教官はもはやどこにも居ないのだ。

その事実に感動しながら、俺は取り分けた唐揚げをフォークで突《つ》き刺《さ》し、口に運ぶ。

子供たちも期待の表情で唐揚げを頬張《ほおば》った。

その直後――

「「「「「「ん……？」」」」」」

俺は――いや、唐揚げを頬張った俺たちは皆《みな》、

「「「「「「「……………」」」」」」」

黙《だま》って首を傾《かし》げていた。

（なんだこれは……）

何かがおかしい。

何かというより、明確に味がおかしかった。

ひと噛《か》みした瞬間から、もう一度噛むのを拒否《きょひ》したくなるレベルの風味。

スポンジケーキを頬張ったら本当にただのスポンジだったかのような裏切り度合い。

恐《おそ》る恐る噛み締《し》めれば噛み締めるほどに妙《みょう》な味が広まっていく。

これはそう、まるで——

「うげ、歯磨《はみが》き粉《こ》みたい……」

ラナがそう言った。

歯磨き粉。

そう——この唐揚げは歯磨き粉の味がするのだ。

「ど、どう？　美味しいはずよね？」

教官は恐る恐る尋《たず》ねてきた。

「その唐揚げはね、細かく刻んだたくさんのミントと一緒《いっしょ》に揚げてみたの」

た、たくさんのミントて……。

……どうしてそれがイケると思ってしまったんだろう。

「孤児院《こじいん》の裏庭にいっぱい生えてるのを見たら、混ぜたくなっちゃって」

教官の語りをよそに、俺はシャローネに目を向ける。

お前が付いていながらどうしてこんなことに、と思ったが、シャローネは俺との約束通りに余計な手出しをしなかっただけ、なわけで。

この状況《じょうきょう》は結局、教官の不徳が生み出した結果……だな。

「……ミントは好奇心《こうきしん》だけで混ぜたんですか？」

「ううん。夏だし、ミントを混ぜたら涼《すず》しい気分になるんじゃないかなって思ったの」

どうやら割と良心的な理由があっての混ぜ込みらしい。

が、それは致命的《ちめいてき》な判断ミスだったわけだ。

「えっ、もしかして……美味しくなかったり、する……？」

事ここに至って教官は、俺たちの反応の乏《とぼ》しさに気付いたようだった。

問われた俺たちは、なんとも言えない表情で押し黙るしかない。

「やっぱりミヤはメシマズだった。これはわたしの勝ち。ぶいぶい」

エルザが無表情ダブルピースで得意げに呟く。

まだ決を採っていないが、事実そうだろう。

もはや多数決を行なうまでもない。

期待の裏切りによって、教官の唐揚げは圧倒的劣勢《あっとうてきれっせい》だった。

冷製ポタージュで口直しする光景も見られるくらいだ。

この勝負はエルザの勝ち、で異論はない。

そしてその雰囲気《ふんいき》は覆《くつがえ》りそうになかった。

「そっか……」

どこか重苦しい空気が流れる中で、

「そう、よね……──ま、しょうがないわね」

教官があっけらかんとそう言った。

自分の負けを悟《さと》りつつ、無理して作った明るい表情。

自分に言い聞かせるような言葉は続いた。

「変なアレンジはしたらダメだって、セイディが言ってたのよねそういえば。やっぱり調子に乗って脇《わき》に逸《そ》れたらこうなるってことなんでしょうね」

反省反省、と言いながら、教官は自作の唐揚げをひとつ囓《かじ》って、

「あは、改めて食べてみたらそんなに美味《おい》しくないじゃない。そりゃ喜んでもらえないわけだわ」

否定した。

自分で作ったモノを否定して。

否定しながら明るく笑った。

それは痛々しい空元気に見えた。

（教官……）

喜んでもらえるだろう、と思いながら作ったモノが受け入れてもらえなくて。

その事実が本当は辛《つら》いはずなのに。

教官は笑っていた。しかし完全に自分を偽《いつわ》ることは出来なかったのか、目元にはほんのりと涙《なみだ》が浮《う》かんでいるように見えて——

そんな姿を、俺は見ていられなかった。

ならどうするか？

答えは決まっていた。

「——いただきます」

気が付くと、大皿から新たな唐揚げをひとつ取っていた。

そして頬張っていた。

ミントの味が口いっぱいに広がる。

それでも噛んで、喉《のど》の奥へと流し込む。

「……テアくん？」

教官が呆《ほう》けたように俺を見る。シャローネにエルザ、子供たちも不思議そうに見つめる中で、俺はまたひとつ新たな唐揚げを頰張った。

「な、何してるの……？」

「唐揚げを食べてます」

「……どうして？」

「食べたいからです」

「食べたいからって……ダメよ、そんなの美味しくないんだから……」

教官が俺のそばにやってきて、食べるのをやめさせようとする。

しかし俺はそれを無視して食べ続けた。

「美味しいですよ」

「え……」

「美味しいですから」

そう告げながら、またひとつ食べる。

教官に涙は似合わない。

空元気も似合わない。

笑うならきちんと笑っていて欲しいから。

そのために俺は食べる。

教官が俺たちのために作ってくれたそれを。

味がどうであろうと、確かな愛情が込《こ》められたそれを。

「テア兄ちゃんすげえ。くふふ、テア兄ちゃんってもしかしてミヤ姉ちゃんのことが——

あいたっ」

「茶化さないの」

シャローネがラナをはたいていた。

「おチビが良い子ぶってる」

「な、何よ！　あたしだって少しはミヤさんいいなぁって思ってるし」

「わたしだって悔しい。形式上勝ったはずなのに、勝負に負けた気分」

親指を噛んで、拗《す》ねたように呟《つぶや》くエルザ。

「……もぅ、テアくんはお馬鹿《ばか》さんよ……」

そして教官は、少量だった涙をむしろ濃《こ》くして泣いていた。

拭《ぬぐ》わなければならないほど、教官は目元に涙をあふれさせていて——

（あぁくそ……）
笑って欲しくて食べているのに、どうやらその目論見《もくろみ》は失敗だったらしい。
けれども、しかし――
その涙はきっと。
――嬉《うれ》し泣《な》き、だと思いたい。

その後、俺は結局一人で唐揚《からあ》げの残りを食べ尽《つ》くした。
子供の体で食い過ぎた結果、ちょっと苦しくなって今は横になっている。
孤児院の一室。
元々は俺が使っていた個室。
誰《だれ》も居ないその部屋で、今は使われていないベッドに仰向《あおむ》けで寝転《ねころ》がっていた。
すると――
「テアくん、入るね？」
ノックと一緒にそんな言葉が聞こえて、直後にドアが開けられた。
教官だった。
もう涙は見せていない。いつも通りの表情でドアを閉めると、教官はベッドの横に歩み寄ってきて、そばにあった椅子《いす》を引き寄せて腰掛《こしか》けた。

「具合はどう？　苦しさはなくなってきた？」

「はい、だいぶまともになりました」

まだ張ってる感じはあるものの、それだけだった。

「……良かったわ。何も問題なさそうで」

教官はホッとひと息つきながら、俺の頭をさするように撫《な》でる。

「なんで、あんな無茶したの？」

あんな無茶、というのは当然、ミント唐揚げを平らげたことだろう。

「嬉しかったけど、無茶したらダメって言ってるでしょ？」

「別に、無茶じゃないです」

「あんなの無茶よ」

「無茶じゃないです」

無茶だと認めてしまえば、教官の唐揚げが美味しくなかった、と言ったも同然だ。

だから俺は無茶ではないと言い張り続ける。

「無茶よ」

「無茶じゃないです」

「もう、頑固《がんこ》ね……」

教官は苦笑《くしょう》していた。

「でも、ありがとね……食べてくれて、嬉しかったから」

「当然のことをしたまでです」

「ふふ……小さい体なのに言動が紳士《しんし》って、なんだか面白《おもしろ》いわね」

微笑《ほほえ》む教官を見て、やはり教官には笑顔が似合うな、と思う。

いつも通りに戻《もど》ってくれて良かった。

「ところで……俺に構っていていいんですか？」

「大丈夫《だいじょうぶ》よ。食器を洗い終えて、一段落ついたから。予定だとあとは、子供たちをお昼寝させることくらいかな。でもそれもシャローネちゃんとエルザがやってくれてるし、実質的に一日保母さんの活動は終わった感じかもね」

「それは……お疲《つか》れ様《さま》でした」

「ほんと疲れちゃったわ。でも結構、経験値は積めたと思うの」

「でしょうね」

洗濯《せんたく》と掃除《そうじ》に関して、教官はかなり鍛《きた》えられたはずだ。

料理だって、今日の勝負は決して無駄《むだ》ではなかったと思う。

「ミント唐揚げですけど、ミントの量を一〇分の一以下に減らせば、多分もっと美味しくなると思います」

「一〇分の一も減らすの？　ふふっ、じゃあ今日の唐揚げはやっぱり美味しくなかった、ってことよね？」

「そ、そういうわけではなくて……」

「いいのよ。分かってるから」

教官は穏《おだ》やかに続ける。

「失敗は失敗よ。今日のあれは紛《まぎ》れもなく大失敗——。でもね、こういう失敗を糧《かて》にしてこそ、私はもっといい女になれると思うのよね」

教官は前向きだった。もう何も引きずっていない。

むしろ開き直って、早くも次に進もうとしている。

教官のこういうところは見習う必要がある。

「さてと、じゃあテアくんもお昼寝しちゃう？」

「……昼寝ですか？」

「そうよ。子供たちのことはあの二人に任せてあるし、だったら私はテアくんのことを寝かせちゃおうかなって。今はテアくんも子供だしね」

　そう言うと、教官は俺の隣《となり》に横たわってきた。

「え？　ちょ、ちょっと……」

「添《そ》い寝してあげるわね？」

「で、でも……」

「いいからいいから」

　なされるがままとなり、俺は強引《ごういん》に添い寝された。

　隙間《すきま》なく密着され、教官の胸元《むなもと》に顔をうずめるような感じになった。

「きょ、教官……胸が当たってますけど……」

「いいの。恥《は》ずかしいけどテアくんだしね……こんなこと、君にしか出来ないわ」

　教官は照れたように笑う。

「もっと顔を押し付けてもいいのよ？　ここはテアくんだけの、ふかふかなんだから」

「え、遠慮《えんりょ》しときます……添い寝するならするで、それに尽力《じんりょく》してもらった方が……」

「そう？　けど今思うと、子供を寝かしつけるのって家事炊事《すいじ》にあまり関係ないのよね」

「ま、まあ限定的ですよね……」

「けど、いつか子供が生まれたら絶対に必要な技量でもあるっていうね」

　……教官の子供。

それはまだ存在していないが、存在しないままとは思えない。

いつか必ず、教官は子供を産むはずだ。

その父親の座に収まれるのは一体誰なのか。

（……俺でありたいが）

しかし、どうなるかは分からない。

分からないが、だからこそ努力して――

（教官と結ばれるように頑張《がんば》る）

そんな風に思っていると、教官が俺の胸元を一定のリズムでトントンと叩《たた》き始めた。

「こんな感じだったかしら、子供を寝かしつけるのって。私も昔お母さんからやってもらった気がするんだけど」

昔――。お母さん――

……俺もやられていたのだろうか。

記憶《きおく》にないが、やられてはいそうだ。

母親からではなく、あの乳母《うば》に。

「どうかしら？　眠《ねむ》れそう？」

「いえ……多分それ、赤《あか》ん坊《ぼう》にしか効かないので」

「赤ん坊にそれをやると、母胎《ぼたい》の鼓動《こどう》を思い出すから落ち着くと聞いたことがあります」

「そうなの？」

「なるほど……じゃあ一定以上育った子にはあまり意味がないのね」

教官はトントンをやめると、俺の耳元で囁《ささや》く。

「じゃあテアくんはどうして欲しいかな？　どうしたら眠れるかな？」

「ふ、普通《ふつう》に添い寝してもらえればそれで……」

「そう？　じゃあこのまま目を閉じちゃおうね？」

優《やさ》しくそう言われ、目を閉じる。

すぐそばに教官のぬくもりを感じて、落ち着く。

他の誰かにこれほど密着されたら、夏場だけあって不快でしかないかもしれない。

でも教官ならば、近くに居ても不快じゃない。

「おやすみ、テアくん」

ちゅっ、と額へのキスもされる。

おやすみのキスぐらいではさすがに照れない。

俺は落ち着いた気分で、気が付くと夢の世界に旅立っていた。

夢。
――夢の世界。
前回の夢でよちよちと歩いていた俺は、今回は疲れたのだろうか眠っていた。
相変わらずモヤがかかった乳母に、俺は抱《だ》かれて眠っている。
背中をトントンされていた。
それが心地いいのか、俺は起きる気配がまったくない。
『可哀想《かわいそう》に』
乳母はいつだったかのようにそう言った。
可哀想にとまた言った。
何が可哀想……なのか。
勝手に哀《あわ》れに思われて、決して気分は良くなかった。
夢に干渉《かんしょう》出来ればいいのに、と思う。
夢の乳母に直接質問出来ればいいのに、と思う。
だが現実の記憶に即《そく》している以上、干渉出来る余地はないのだろう。
干渉出来てしまったら、それはもはや現実の記憶ではない。
だから干渉を許さないこの夢は、裏を返せばやはり現実の記憶に違《ちが》いない。

俺が忘れている過去の記憶。

それを見ている。

なぜこんなモノを見るようになったのか。

分からない。

分からないが——忘れていたモノを思い出したというよりは、堰《せ》き止められていた河川《かせん》が決壊《けっかい》し、再び流れ始めたかのようで。

つまりそう、この記憶はやはり誰かに封《ふう》じられていたように思える。

その封印が弱まり、あふれ出している。

あふれ出た記憶が、こうして夢になっている。

そう思えてならない。

しかしそうだとして、この記憶が封じられていた意図はなんだ？

誰《だれ》がなんのために封じていた？

(それはまだ……分からない)

謎《なぞ》のまま、夢は続く。

続いて続いて、しばらく見続けたが、結局何も——分からずじまいだった。

幕間　ミヤ・サミュエルの想いⅡ

「子供っていいわね……」

「え？　なんですかいきなり？」

いつものバー。

私がなんとなく呟《つぶや》いた独り言に、セイディが不思議そうに食い付いてきた。

「子供っていいわね……って、ミヤには子供なんて居ないですよね？　——ハッ、もしかして隠《かく》し子《ご》ですか⁉　そのいやらしい体を駆使《くし》して色んな男性をたらし込んできた結果、誰の子かも分からない可哀想な子供をいつの間にか出産していたんですね⁉」

「してないから！」

どんな妄想《もうそう》よ。完全にどうしようもない売女《ばいた》じゃないの、その私。

「ま、そうですよね、隠し子なんてありえません。ミヤは未《いま》だに純情な乙女《おとめ》ですし」

「……そこには触《ふ》れなくていいから」

「それより、子供って結局なんのことですか？」

「それはね」

テアくんから「セイディさんとだったらまあ、話の種にしてもいいですよ」と許可をもらっているので、私は今現在テアくんの体に起きている現象について、セイディに話して聞かせた。

「え？　テアくんちっちゃくなってるんですか？」

「そうよ、私と出会うより前の姿でね……もうね、すごく可愛《かわい》いの」

青年期テアくんが素敵《すてき》なのは当然として、少年期テアくんは超《ちょう》可愛い。

可愛い上に、青年期の落ち着いた性格が合わさっているから、もう最高よね。

寝ているときなんて天使と見紛《みまが》うほどにぷりちー。

先日の一日保母さんを終えたあとの帰り道は、テアくんが起きなかったからおんぶして帰ったんだけど、ただそれだけのことがすごく幸せだった。

「いいなあ、私も会ってみたいですっ。おんぶしたいです！」

「ダメ」

「にべもない!?」

「だってセイディがあのテアくんに会ったら妙《みょう》なことをやらかしそうだし」

セイディはちょっとしたテアくんフリークだからね。

「妙なことなんてしませんっ！　神に誓《ちか》いますっ！」

「ほんとに？」

「本当ですっ。だから会うだけ会わせてください！　今度の休日にちょっとだけ見に行かせてくださいよ！　お願いしますミヤ！　いえ、ミヤ様！」

「うーん……」

あの可愛らしさを独《ひと》り占《じ》めしたい私としては、こういった手合いは姉さんだけで充分《じゅうぶん》なんだけど。

でもまあ、あのテアくんを自慢《じまん》したい気持ちもあるし。

ちょっとくらいなら、別にいいのかも。

「分かったわ。じゃあちょっとだけならいいわよ」

「やりましたっ！」

グッと小さく拳《こぶし》を握《にぎ》り締《し》めたセイディは、それからこんなことを言い始める。

「こうなったら知り合いの撮影師《さつえいし》から写影機《しゃえいき》を借りていきますねっ！」

本気過ぎる……これがテアくんフリーク……！

第四章　最後の時間

今日が七日目だった。

成長を遡行《そこう》させせられてから七日目。

七日目の——朝。

目覚めた俺は、しかしまだ自分の体が元に戻《もど》っていないことを察する。

（まだか……）

この体を不自由には思わないが、やはり行動範囲《はんい》の制限がキツい。

成長遡行の件をなるべく秘匿《ひとく》にして生活しているため、俺は過去六日間市街地に出られていない。完全な引きこもりだ。

しかも家事炊事《すいじ》は基本的に教官が率先《そっせん》してやってくれる。

教官が仕事に行っている間はサラさんが率先してやってくれる。

もはや養われている。

培養《ばいよう》されている。

箱入り男だ。

こんなのは俺が忌《い》み嫌《きら》ってきたヒモでしかないじゃないか。

七日目の今日、恐《おそ》らくは元に戻れるはずだが、

（もし戻らなかったらどうしてくれようか……）

きっとサタナキアを問い詰《つ》めたい気分になると思うが、あの幼女に見える悪魔《あくま》は俺に成長遡行の魔法をかけて以来俺の前に姿を現していない。

結局何が目的だったのか。

覚醒《かくせい》した王の血を俺に馴染《なじ》ませて、それからどうしたいというのか。

夢の件も含《ふく》めて、俺には分からないことだらけだ。

（まあいいか……とにかく起床《きしょう》しよう）

俺はベッドから降りて、居間に向かった。

「おはようテアくん、今日も早いわね」

居間にはすでにメイド服姿の教官が居た。

教官が俺より早く起床している光景も珍《めずら》しいものではなくなってきた。

「おはようございます、教官。……もしかしてまたパン作りに挑戦《ちょうせん》を？」

朝食の準備中と思《おぼ》しき教官は、明らかに生地《きじ》を練っているところだった。

「そうよ、再挑戦。今度はヘマしないんだから」

そう言って練った生地を、教官は今回は忘れずに寝《ね》かせ始めた。

その間に洗濯《せんたく》や掃除《そうじ》に取りかかっていく。

要領良く行動している。

教官は確実に家事炊事のスキルがレベルアップしていた。

この間の孤児院《こじいん》での経験値がやはり大きかったのかもしれない。

「ミヤったら見違《みちが》えちゃったね、たったの一週間程度で」

そのうちサラさんが起きてきて、庭でテキパキ洗濯物を干す教官に感嘆《かんたん》していた。

「でもまだまだ私の方が上かな。ミヤは裁縫《さいほう》がビギナーだからね」

俺の服を見てそう言う。

ツギハギだらけの子供服。

教官が作ってくれたモノだが、着ているうちにほつれてきたので、実はサラさんに修繕《しゅうぜん》してもらっていた。手先の器用さではサラさんが圧倒《あっとう》している。なんせサラさんはあのエルト・クライエンスなのだし。

「そういえばその服、今日で最後になるかもしれないんだね」

「はい、着なくなっても大切にしておきます」

「それは私じゃなくてミヤに言ってあげなきゃね。作ったのはミヤだし」

「でもサラさんには直してもらいましたし」

「だから大切にしてくれるって？　んもぅ、ほんとにいい子だねぇテアくんはっ。お礼にちゅーってしてあげよっか？」

「き、キスがお礼になるという思考回路をいい加減正してもらえませんか……？」

「えぇ〜、何よ何よ生意気な奴《やつ》め〜。別に遠慮《えんりょ》しなくていいんだぞ〜？」

そう言ってニヤけた顔を近付けてくるサラさん。

そこに教官が戻ってきて、

「あっ！　また姉さんはそういうことして！　やめなさいってば！」

「もぅ、なんで戻ってきちゃうかなぁ〜。もうちょっとゆっくり干してればいいのに」

「ほんと油断ならないわね……」

呆《あき》れたように言いつつ、教官はパン作りを再開させるようだった。

寝かせた生地を幾《いく》つかに分けて形を整え、石窯《いしがま》に投入する。

火力に注意するために片時も離《はな》れず、教官は石窯とのにらめっこを始めた。

そうして幾ばくかの時間が過ぎた頃《ころ》――

「出来たわっ」

ミトンをはめた両手で、石窯の中から生地を載《の》せた鉄板を取り出すミヤ教官。

並べられた生地たちはもはや生地とは呼べず、しっかりと膨《ふく》れ上がってその表面には焼き色が付いていた。

紛《まご》うことなき、それは麦パンだった。

「教官、やりましたね」

「ええ、変なアレンジもしてないし完璧《かんぺき》だわ」

教官は顔を綻《ほころ》ばせていた。教官がそうだと俺も喜ばしい。

「ん〜、ちょっとふっくら感が足りないかな？」

そんなことを言いつつ、サラさんもどこか嬉《うれ》しそうにしていた。


その後、追加で焼かれたソーセージと一緒《いっしょ》に、俺たちは麦パンを食べた。

それからサラさんがまた素材集めにお出かけし、家の中は俺と教官二人きりになる。

パン生地を寝かせている間に掃除と洗濯をあらかた終わらせた結果、教官は現在優雅《ゆうが》に紅茶を飲んで休憩《きゅうけい》していた。

「当たり前だけど、孤児院に比べれば自宅の家事って楽だわ」

「でしょうね」

保母さんほど大変な業務はないと思う。

それに比べれば、普通《ふつう》の家事なんて生ぬるい。

重い足かせを外した武闘《ぶとう》家が身軽になるようなものだろう。

「あ、そういえばそろそろ来るのかしらね」

教官が柱の時計を見上げた。

「そろそろ来るって、お客さんですか？」

「お客さんというほどの人物じゃないけどね」

「はあ」

一体誰《だれ》が来るのだろうか。

そう思っていると——ややあって、玄関扉《げんかんとびら》がノックされた。

あ、来たみたい、と教官が玄関に向かっていく。

耳を澄《す》ましていると——いらっしゃい、お邪魔《じゃま》します、というやり取りが聞こえ、それからすぐ教官とは別の足音が、教官と一緒に居間へと迫《せま》ってきて——

「あら、テアくん本当に体が縮んでいるんですね。ふふ、可愛らしい」

「セイディさん？」

葬撃士《そうげきし》協会帝都《ていと》中央支部の受付嬢《じょう》にして、教官の親友でもある美人の女性。

俺の前に姿を現したお客さんは間違いなくセイディさんその人だった。

蜂蜜《はちみつ》色の髪《かみ》を首の後ろあたりで結んでいるその姿は、いつもと変わりがなかった。

「なんかね、ちっちゃくなったテアくんを見たい見たいって言って聞かなくて」

「はい、そういうわけでお邪魔させてもらいますね」

要するに興味本位で俺を見に来た、ということか。

別に構わないが、意外だった。

セイディさんが俺に興味を持っていたとは。

「これ、よろしければあとで食べてください。差し入れです」

そう言ってどこぞの洋菓子《ようがし》店の紙袋《かみぶくろ》をテーブルに置くセイディさん。

他《ほか》にも楽器の容《い》れ物《もの》みたいな黒いケースを持っているが、それは一体なんだろうか。

「ねえ、ところでミヤ」

「何？」

「スルーしてましたけど、その格好はどういうことですか？」

「どういうことって、メイド服だけど」

「キツいですよ？」

「ぐはっ……！」

さらっと毒を吐《は》かれ、大ダメージをこうむっている教官だった。サラさんやエルザから散々キツいと言われていたが、言われ慣れることはなかったらしい。

「き、キツいかしら……？」

「だって二六歳がメイド服ですよ？」

「二六歳でもメイド服を着たっていいじゃない！」

「しかもミニじゃないですか」

「私は普段の制服もタイトなミニだし！」

「でもこれに関してはそういうお店の人にしか見えませんね」

「や、やめて！　自分でも薄々《うすうす》感じていることを改めて突《つ》き付けないで！」

セイディさんにいじられて慌《あわ》てふためく教官だった。

こういうところを見るのが何気に楽しかったりする。

「ま、ミヤいじりはほどほどにして、本題はテアくんです」

セイディさんは荷物を降ろして、それから俺に近付いてきた。

「すごいですね、あの精悍《せいかん》なテアくんがこんなにもミニマムになってしまって」

椅子《いす》に座る俺の前でしゃがみ込み、顔を覗《のぞ》き込んでくるセイディさん。

ほぼ同じ目線の高さになったがゆえに、セイディさんの緩《ゆる》んだ私服の胸元《むなもと》がなんとなく目に付いた。教官に比べるとスレンダーなので、そこから垣間見《かいまみ》える谷間は平坦《へいたん》に近く、それでいて下着は攻《せ》めた感じで――って、この人は人妻だぞ。変な目で見るなよ俺。

「ねえテアくん、撫《な》で撫でしてもいいですか?」

「べ、別に構いませんが……」

「やりましたっ。じゃあ遠慮なく撫で撫でしますね」

いい子いい子、と俺の頭を撫で始めるセイディさん。

人はなぜこんなにも俺の頭を撫でたがるのか。

この謎《なぞ》を解明して学会に提出すれば世紀の大発見に……ならないな。

「あぁ、いいですねこの感じ……。子供はやはり尊いものです」

「あれ、そういえばセイディって子供はまだ予定にないの?」

「ないですね」

セイディさんは少し寂《さび》しそうに笑った。

「主人が、あまり子供が好きではないですから」

「え……そうだったの?」

「ま、別に構いませんけどね。その分、こうしてテアくんと戯《たわむ》れますから」

撫で撫でしながらそう言うと、セイディさんは更《さら》なるお願いをしてくる。

「そうだテアくん、抱《だ》っこしてもいいですか？」

「……それはもちろん、問題ないです」

今の少し寂しい話を聞いたあとでは、拒否《きょひ》する気にもならなかった。

「ありがとうございます。では失礼して……」

セイディさんは立ち上がり、俺の体を椅子から抱き上げた。

小さいとはいえ、赤子ではない俺を軽々と持ち上げられるあたり、この人も葬撃士なんだなと実感する。

「なるほど……こういう感じなんですね」

俺を抱きかかえながら、セイディさんはしみじみと呟《つぶや》く。

「どうセイディ？　テアくんは素晴《すば》らしいでしょ？」

「はい、このままお持ち帰りしたいですね」

「だ、ダメだからね！」

「残念です」

「そもそもテアくんは今日のどこかで元に戻《もど》るはずだから、お持ち帰りしてもしょうがないと思うのよね」

「あぁそうなんですか？　でも元に戻ったテアくんのお持ち帰りというのは、それはそれでアリですよね」

「ナシでしょ！　浮気《うわき》になるわよあなた！」

「確かにそうですけど……でも、テアくん的にはどうですか？」

「え？」

……なんのことだ？

「テアくんは私と浮気、したくないですか？」

「――っ⁉」

何言ってんだこの人！

「こ、こらセイディ！　テアくんを困らせないでちょうだい！」

「うふ、そうですね。これ以上はやめておきましょうか」

どうやら冗談《じょうだん》だったらしい。

……冗談、でいいんだよな？

「おいしょ、っと。……ふぅ、テアくん、ありがとうございました」

セイディさんが俺を椅子に降ろした。

抱っこされていただけなのに、無性《むしょう》に疲《つか》れてしまったな……。

「ここからは少し、テアくんを被写体《ひしゃたい》とさせてください」

被写体？

首を傾《かし》げた俺の前で、セイディさんは自分が持ってきた黒いケースに手をかける。

中に入っていたのは写影機《しゃえいき》だった。

「ほんとに持ってきたのね……」

「当たり前です。この瞬間《しゅんかん》をフィルムに収めます。現像出来たらミヤにもあげますから」

「あ、ほんとに？　じゃあドンドン撮《と》っちゃって！」

……現金な教官だった。

「さて、撮りますよ」

組み立てた写影機の後ろに立って、セイディさんがレンズを覗き込む。

「ええと……俺は普通に座ってるだけでいいんですか？」

「それで大丈夫《だいじょうぶ》ですよ。ひとまずは、ですけどね」

つまりのちのち色々させられる、と……。

「はいテアくん、こっち向いてくださいね～」

セイディさんの声に応じて、俺はとりあえずレンズを見据《みす》えた。

「あぁいいですね～。でももう少しだけニコッと笑ってもらえますか？」

「こ、こうですか？」

笑顔を作るのは苦手だが、苦手なりに笑ってみせた。

「グッドです。じゃあ撮りますね」

そうして何度か撮られたあと、セイディさんが俺の隣《となり》にやってきた。

「お次は私がテアくんと一緒に写りたいので、ミヤ、撮る係をお願い出来ますか？」

「ズルいわよセイディばっかり」

「ちゃんと交代しますから」

「それならいいけど……」

ひとまず納得《なっとく》した教官をよそに、セイディさんが俺を抱き上げ、俺の座っていた椅子に腰《こし》を下ろした。そして俺を膝《ひざ》の上に座らせる。

「よいしょ、っと。撮られる準備完了《かんりょう》。これでよし、ですね」

俺的には何もよろしくなかった。背中にセイディさんの胸が当たっている。小ぶりな胸だが、人妻の胸だ。考えようによっては単なる巨乳《きょにゅう》よりもレアリティが高いわけで、無駄《むだ》に意識してしまう。ダメだ、素数を数えるんだ……！

「じゃ、撮るわね」

教官が撮影《さつえい》を開始した中で、俺はこの時間の迅速《じんそく》な終焉《しゅうえん》を望んでいた。

しかしそんな考えとは裏腹に、セイディさんとの撮影は構図の変更《へんこう》も伴《ともな》いつつ三〇分ほ

ど続き——それが終わったかと思えば、

「むふふ、それじゃあ次は私の番ね♪」

教官がウキウキで俺のそばにやってきて、セイディさんと入れ替《か》わった。

（まあそうなるよな……）

分かっちゃいたが、疲れたし、恥《は》ずかしい。

（もう勘弁《かんべん》して欲しいが……）

けれどそうした思いを口に出し、教官をがっかりさせたくはなくて——

結局——それからもおよそ三〇分もの間、俺は教官との撮影に付き合うのだった。


「ふぅ、本当にありがとうございました」

ほくほく顔のセイディさんがお礼を告げてきた。

最終的には教官との撮影三〇分のあとに追加の撮影が三〇分ほど行なわれ、俺はもはや普通《ふつう》の人の一生分の被写体経験を今日の午前だけで味わったような気がする。

「じゃあ私、今日のところはこの辺で失礼しますね」

そう言ってセイディさんが写影機を片付け始める。

「あれ、帰っちゃうの？　もうじきお昼だし、うちで食べてけばいいのに」

「実は午後から仕事なんです。そろそろ帰って支度《したく》をしないといけなくて」

「あぁ、そうなのね。お疲れ」

教官がねぎらう一方で、セイディさんは写影機を黒いケースにしまい込み、それを肩《かた》に担《かつ》ぐと玄関《げんかん》の方に歩き出した。俺と教官は見送りに付いていく。

「じゃあセイディ、気を付けて」

「はい、二人はゆっくりと休んでくださいね。あ、それと」

玄関扉《とびら》に手をかけたセイディさんは最後に振《ふ》り返り、

「テアくん、グラシャ＝ラボラスには気を付けてください」

「え？」

「それではまたいずれ」

セイディさんはそうとだけ言い残し、教官の家から立ち去っていった。

俺と教官はつかの間立ち尽《つ》くす。

「……なんでグラシャ＝ラボラス？」

俺も教官と同じ疑問を抱《いだ》いている。

──グラシャ＝ラボラス。

それは悪魔《あくま》の大幹部──極星一三将軍《ノックスジエネラル》の一人だ。

未《いま》だかつて人間領に攻め込んできた記録はなく、極星一三将軍《ノックスジェネラル》の地位を冠《かん》する雄型《お》の悪魔、という情報以外はほぼすべてが謎に包まれた存在でもある。

それに気を付けろとは一体どういうことなのか。

「ねえセイディ、あなた何が言いたいの？　……って、もう居ないし」

玄関扉を開けて外に出た教官だが、どうやらセイディさんの姿はすでに見えなくなっているらしい。

教官はしょうがないと言いたげに引き返してくると、俺の顔を見た。

「とりあえず、お昼にしましょうか」

「……そうですね」

釈然《しゃくぜん》としない部分はあるが、考えたところで答えが出るわけもない。

俺たちは居間に戻って、昼食を摂《と》ることにした。

「そういえば、セイディが差し入れを置いていったのよね」

テーブルに置かれた洋菓子《ようがし》店の紙袋《かみぶくろ》を教官は眺《なが》めていた。

「中身はケーキですかね」

「早く食べちゃった方がいいでしょうし、テアくん、お昼はこれでいい？」

「問題ないです」

そう告げると、教官がガサゴソと紙袋に手を入れた。
紙の箱が取り出される。
そのフタを開けてみれば、中に入っていたのはパウンドケーキだった。
見た目は東国文化のカステラに近い。食感も遠くはないだろう。
匂《にお》いを嗅《か》ぐ限り、味のメインはバターのようだ。
ほんのり甘みも感じるが、これはなんの匂いだろう。
「あら美味《おい》しそう。早速《さっそく》切り分けちゃうわね」
教官がキッチンにパウンドケーキを持っていく。
一分とかからないうちに、皿に盛られた数切れのパウンドケーキが俺の前に置かれた。
教官が自分の分も用意したところで、俺たちは食べ始める。
「んん～、美味しいっ。セイディったらいいモノを持ってきてくれたわね」
パウンドケーキを噛《か》み締《し》めながら、教官がうっとりとしていた。
その気持ちは分かる。
これは美味しい。
バターの塩っぽさと何かの甘い風味がいい塩梅《あんばい》だ。
しかも非常にしっとりとした食感で、噛むまでもなく溶《と》ける感じ。

縮んだ俺の胃袋《いぶくろ》的には教官が用意してくれたこの数切れで充分《じゅうぶん》だったが、教官は新たな数切れをおかわりしていた。

「あぁ、美味しぃぃ……」

なんとも幸せそうだった。

その表情を見ていたら、なんだか俺まで幸福感に満たされてきた。

「ねえテアくん、テアくんのお口には合ってる？」

「はい、美味しかったですよ」

「そうよね～。美味しいわよね～。んふふ～」

教官、ご機嫌《きげん》だな。

というか、ご機嫌過ぎるような……。

（……妙《みょう》だな）

何か、教官の様子に違和感《いわかん》を抱いてしまう。

その違和感を明確に説明することはまだ出来そうにないが、

（なぜこんなに……）

そう。

教官はなぜ、こんなにも緩《ゆる》んだ顔をしているのだろうか。

パウンドケーキが美味しいのは分かる。

思わず笑顔《えがお》になってしまうのも分かる。

しかし、だからといってパウンドケーキを噛み締めている間も、次のひと切れを補給するまでの何も口に含《ふく》んでいない間も、ずっと笑顔なのはさすがにおかしいのでは……？

何かこう、教官の気分があまりにも良過ぎるのだ。

（それはそう、まるで――）

――酔《よ》っているかのように。

「あはは！」

そのときだった。

これといって笑えるような事態が起こったわけでもないのに、教官が楽しげに笑った。

そして急に立ち上がったかと思えば、俺の対面から真横の椅子《いす》に移動してくる。

「あらテアくん、そういえばパウンドケーキがひと切れだけ残っているようだけど、食べないの？」

「え、ええまあ、子供的にはすでに腹八分ですから……」

「あらそうなの？　でも食べないと、おっきくなれないわよ？」

教官は俺の体に人差し指を押し当てて、無駄になまめかしく円を描《えが》くように動かしながら、俺の顔を覗《のぞ》き込んでくる。

その目はもはや、とろけていた。

だから気付く。

やはり酔っているのだと。

（しかしなぜ……）

考えられる要因はパウンドケーキ。

このパウンドケーキになんらかのアルコールが使われていた……？

洋菓子。

アルコール。

時折感じた甘い風味。

そこから導き出される結論は——

（——そうか、ラム酒か……）

どうしてもっと早く気付いて教官の咀嚼《そしやく》を止めることが出来なかったのか。

そもそもなぜラム酒入りのモノを買ってきたんですかセイディさん……。

でもこの見た目ではラム酒入りかどうかなんて分からないだろうし、セイディさんにはきっと悪気はないのだ。まあ意外とありそうな気もするけど……。

「ほら、お残しはダメよ？　いい子だから食べなさいね？」

教官が俺の残したひと切れをフォークで突《つ》き刺《さ》し、差し出してきた。

しかし俺的にはこれ以上食べたら満腹だ。

リメンバーミント唐揚《からあ》げ。

あの苦しい悲劇だけは避《さ》けたいので、口を開けようとは思わない。

すると教官はその目をいたずらに細め始めた。

「ふぅん、食べる気がないのね？」

「……お腹《なか》いっぱいなので」

「でもお残しは良くないわ」

「教官が食べていいですよ」

「じゃあそうね、私が食べるし、テアくんにも食べてもらうわ」

「へ……？」

……どういうことだ？

酔った教官は大体いつもろくでもないことを思い付く。

動向を注視していると、教官はパウンドケーキを自分の口元に運び、食べ始めた。

なんだ、結局自分で食べることにしたのか、と安堵《あんど》していたのもつかの間。

教官は次の瞬間《しゅんかん》、その魅惑《みわく》の唇《くちびる》を俺に近付けてきて――

（んんっ……!?）

そのままキスを――されてしまった。

口と口。

マウストゥーマウス。

あまりにもまさか過ぎる行動に反応が遅《おく》れ、回避《かいひ》することなんて出来なくて。

俺は一瞬だけ呆然《ぼうぜん》としつつ、

（う、嘘《うそ》だろ……）

状況《じょうきょう》を理解してからは耳まで赤くし、教官から離《はな》れようとしたが――

（――うあっ……）

教官が俺の体を抱《だ》き締めてしまい、離れられなくなった。

そして未だくっ付いたままの口元で、蠢《うごめ》く。

何かが。

舌だ。

舌が。

俺の口内に入り込んできた。

それで終わりじゃなかった。

んっ……、と熱い吐息《といき》をこぼしながら、甘い何かが俺の口内に送り込まれる。

舌を通して、送り込まれる。

それが教官の咀嚼したパウンドケーキだと気付いたとき、俺の顔は更《さら》なる照れと羞恥《しゅうち》の熱に包まれた。

それからすぐ、ようやく唇が離されて――

「んふふ……」

教官は妖艶《ようえん》に笑っていた。

とても妖《あや》しい雰囲気《ふんいき》で、けれどその顔は熟《う》れた果実のように真っ赤で。

「しちゃったわ……」

微笑《びしょう》を浮《う》かべつつ、教官は照れたように呟《つぶや》いた。

「……でも、仕方ないわよね？　食べられない子供には、こうやって口移しで食べさせるのが、養う者としての務めだから……ね？」

「し、しかし……」

俺は教官の顔をまともに見ることが出来なかった。

まともに話すことさえ出来そうになくて――

気が付くと、俺は居間から逃《に》げ出していた。
逃げて。
私室に閉じこもった。
(キスを……)
キスをされてしまった。
ドアにもたれかかって、とてつもない疲労感《ひろうかん》を覚える。
羞恥は消えず、照れも残っている。
そんな折——
「——きひひ、愛《う》いのう」
時代がかった幼い声が聞こえてきた。
からかうような声だった。
ハッとし、顔を上げる。
すると俺のベッドの上になぜか——
「……お前は……」
あの幼女悪魔《あくま》が——サタナキアが、偉《えら》そうに座っていた。

「……っ」

「何を……している……？」

やっとの思いで、それだけを言えた。

周囲の時間が止まっている感覚があった。

サタナキアは――

「何をしていると思う？」

と逆に質問してきたが、直後にその答えを自ら口に出した。

「まあ、調子を見に来ただけじゃ」

「そうか……」

「それにしても、なんというタイミングじゃ。まさかこんな真っ昼間から盛《さか》っておるとは思わなんだ」

「それは……別に……」

「盛っておるわけではないと？」

「あれは……悪い癖《くせ》なんだ。あの人は酒に弱い……」

「ほうかほうか。では杯《さかずき》は交《か》わせそうにないか」

「……交わす必要なんか、ないだろうに」

「ふむ、あの女は家事は出来るのかえ？」

「……なんだこの会話は？」

「出来るのかえ？」

「……出来るが、まだ修行中《しゅぎょう》だ」

「修行中じゃと？　ならば認める必要はなさそうじゃな。重畳《ちょうじょう》じゃ」

何が言いたいのか分からない。

だが相変わらず敵意がなさそうなことだけは分かった。

「まあ長居はせん。わしはもうゆくぞ」

「もうだと？　ま、待て。俺は元《もと》に戻るんだろうな？」

「当然じゃ。もうじき元に戻る。だからといってそれまでの暇潰《ひまつぶ》しにあの女と盛るのはいかがなものかと思うがの」

「だから別にそういうわけじゃ……」

「くふふ、分かっておる。ともあれ、わしはもうゆくでな」

「お前は何がしたいんだ……？」

こうして会いに来て、敵意もなく何もしない。

裏は確実にあるのだろうが、その裏が読めない。

「まあ、じきに教えてやってもよい」

――だが、今はこれまでじゃ。
そう言ってサタナキアは出て行った。
それから時止めが解除されたのが分かって、
（なんだったんだ……）
そう思っていると――
「……テアくん？」
すぐ後ろのドア越《ご》しに、教官の声が聞こえてきた。
まだ間違《まちが》いなく酔《よ》っていると思うが、
「ごめんね？　変なことしちゃって。私、反省してるから……開けてくれる？」
そんな謝罪があった。
意図しないサタナキアとの邂逅《かいこう》を間に挟《はさ》めたことで、俺は少し落ち着いていた。
警戒《けいかい》はしつつ、ドアを開けることにした。
すると――
「ごめんねっ？　ほんとにごめんねっ！」
開けたそばから、教官が力強く抱きついてきた。
酔いが継続《けいぞく》しているがゆえのオーバーアクション。

際限なく密着しているこの状況に、俺は結局また照れをぶり返してしまう。

「だ、大丈夫《だいじょうぶ》ですから……離れてください……怒《おこ》ってませんから……」

「あらあら、ほんとに？　テアくんは優《やさ》しいわね……」

俺から離れると、教官は俺をベッドに誘導《ゆうどう》し、横たわらせた。

「んふふ～、じゃあ優しいテアくんを、このメイドのミヤちゃんが優しく食後のお昼寝《ひるね》にいざなってあげるわね？」

「え？」

この間に続いてのお昼寝タイムですか……。

前回はシラフの教官で、今回は酔った教官だ。

その違いを楽しむ余裕《よゆう》は、残念ながら俺にはなさそうだった。

なんならこの状況から逃《のが》れたい一心で、照れを携《たずさ》えたまま呟く。

「あの……あまり眠《ねむ》くないんですけど」

「それでも寝なきゃダメよ？　寝ないとおっきくなれないんだから」

「今日のどこかで元に戻る予定ですし……」

「んもう、無粋《ぶすい》だわ。今はロールプレイに徹《てっ》してちょうだいよ」

「す、すみません……」

「空気が読めないだなんて、テアくんはイケない子ね。メッ、だわ。メッ」

叱《しか》りつけるように言いながら、教官はいたずらに笑って俺の頰《ほお》にちゅっとキスをした。

「わっ……」

「イケない子への、まずはおしおきよ？　でもこれで終わりじゃないわ。ここからテアくんを意地でも寝かしつけてあげるからね？」

「な、何もせずこのまま退去するという選択肢《せんたくし》は……」

「あら、そんなのあるわけないでしょ？」

……ですよね。

「さて♪」

室内を見回し始めるミヤ教官。

「ん～、テアくんを寝かしつけるのに何かいいアイテムはないかしらね」

「……ないですよ」

「あれ？　でもこれは何？」

教官は何かを見つけたようだった。

そしてその何かを手に取って、眺《なが》める。

「これって、哺乳瓶《ほにゅうびん》じゃない？」

そう、哺乳瓶。

俺が先日、特別演習の参加賞としてもらったモノだった。

面倒《めんどう》なモノを見つけられてしまったかもしれない……。

「へぇ、こんなモノを隠《かく》れて所持していたとはね。テアくんったら一体どういうつもりなの？　私にミルクでも飲ませて欲しくて買ったのかしら？」

教官はニヤけ顔だった。

「ご、誤解ですっ。それは別に俺が自分で買ったわけではなくて……っ！」

「あら、必死に否定しなくてもいいのよ？　大丈夫。大丈夫だからね？　テアくんがどんな趣味《しゅみ》嗜好《しこう》を持っていようと、私は一切《いっさい》引かずにきちんと受け止めてあげるから。ね？」

「だ、だから違いますって！」

「いいの。いいのよ。分かってるからね？」

「分かってないじゃないですか！」

なんですかその生暖かい眼差《まなざ》しは！

「んふふ～、じゃあちょっと待っててちょうだいね？」

そして教官は俺の話をまったく聞かないまま、いいことを思い付いたと言わんばかりに笑いつつ、哺乳瓶を手にした状態で部屋の外へと行ってしまった。

……一体何をしに行ったのか？
この隙《すき》に逃げるべきか？
あれやこれやと考えていると、教官は割とすぐに戻ってきて——
「見てよほら、補充《ほじゆう》してきてあげたわよ♪」
その手に持たれた哺乳瓶には、ミルクがなみなみと注がれていた。
それがどうしました？　と疑問に思った一方で、
（あれ……でも……それってつまり……）
イヤな予感がした。
そんな中で、
「は～い、ではでは」
教官がベッドに近付いてきて、その哺乳瓶の先端《せんたん》を俺に差し向け、
「さあテアくん——ミルクをい～っぱい飲みまちょうねえ～」
赤ちゃんプレイもかくやの言動を取り始めた。
（…………）
イヤな予感が的中し、呆然《ぼうぜん》とする俺をよそに——
教官は哺乳瓶を俺に押し付けようとしてくる。

「さあほら、ミルクでもう少しお腹《なか》が膨《ふく》らめばきっと気持ち良く眠れるはずだからね～」

「ま、待ってください！　これはさすがに……」

「いいのよ恥《は》ずかしがらなくても。ほら、飲みまちょうねえ～。ばぶばぶ～」

「く、クールなしっかり者のイメージをもっと大事にしましょうよ！」

こんな教官、世間に知られたら大変なことになるぞ。

「もうっ、プライベートでは世間体《てい》なんてどうでもいいわ。それよりほら、イヤがらずに飲みまちょうね～。イヤよイヤよも好きのうちでちゅからね～」

「本当にイヤなんですが！」

「んん～？　じゃあどうして逃《に》げないの？」

「え？」

「そんなにイヤなら逃げればいいだけなのに、テアくんはなされるがままだわ。それって要するに――」

――期待してるんじゃないの？

蠱《こ》惑《わく》的な微笑《ほほえ》みと共に紡《つむ》がれたそのひと言に、俺は動きが縫《ぬ》い止められた。

……期待。

している？

俺が、哺乳瓶による授乳を……？

「さあさあほらほら、おいちいミルクでちゅよ～」

継続される赤ちゃんプレイ。

俺の口に照準を合わせ、哺乳瓶の先端を迫《せま》らせてくる。

……確かにそうだ。

イヤなら逃げればいいはずなのに、俺は動かない。

ベッドに横たわったままで。

大人しく受け入れようとして。

内心ではもしかしたら、

（教官の言う通りに……）

目の前のそれを望んでいるのかもしれなくて――

だから気が付くと、

「――あらぁ、上手上手～」

俺はその哺乳瓶を咥《くわ》えていた。

ちゅうちゅうとするたびに、ひんやりとしたミルクが口の中に染《し》み渡《わた》る。

「どうかなテアくん、おいちい？」

「……お、おいちいです」

「んふふ〜やったわ、テアくんをバーブサイドに堕《お》とすことが出来たようね」

「ダークサイドみたいに言わないでくださいよ……」

不覚にも赤ちゃん堕ちしたのは確かだけども。

「それよりテアくん、ミヤママの疑似おっぱい、もっと飲みまちゅか?」

「疑似おっぱいて……。ま、まあでも、いただこうかと……」

恥ずかしいが、もはや開き直りの精神だった。

「えへ、お母さんの気分だわ」

哺乳瓶を今一度傾《かたむ》けつつ、教官は嬉《うれ》しそうに呟《つぶや》く。

「抱《だ》っこすれば、私はもっとお母さんの気分になれるのかしらね」

そう言ったかと思えば、教官は俺を抱き上げた。

それから改めて、俺の口に哺乳瓶を咥えさせる。

「さあほら、たくさんちゅうちゅうしまちょうね〜」

俺は言われるがままに吸い続けた。

本物の母に抱《だ》かれているかのようで、不思議と満足感がある。

教官は教官で母性でも刺激《しげき》されているのか、すこぶる幸せそうに微笑んでいた。

「ほら、もうちょっとで全部なくなるから、頑張《がんば》って飲んじゃおうね？」

応援《おうえん》されながら俺は飲み続け、やがて哺乳瓶が空になった。

「わぁ～、全部飲めたわね～。どう？　お腹膨れて、眠くなってきた？」

「まだもうちょっと、何かあれば……」

落ち着いて、少し眠気が出てきたような気がする。

あとほんのわずかに癒《い》やしがあれば、俺は眠れそうな気がした。

「そうなのね？　じゃあ別のモノをちゅうちゅうしてみる？」

「……別のモノ？」

「うん……私の、おっぱい」

教官が恥ずかしそうに呟いた。

「……え？」

聞《き》き間違《まちが》いかと思ったが、そうではないらしく。

教官は俺を一旦《いったん》ベッドに降ろすと、メイド服の胸元《むなもと》を緩《ゆる》め始めた。

恥じらうように。

それでも着実に。

俺はその様子から目を逸《そ》らせない。

緩められた胸元から谷間が覗《のぞ》く。
下着も見えた。
教官はその下着を腹部の方にずらして――
「どう……かしら？」
綺麗《きれい》としか言えないその胸が、完全にさらけ出されてしまった。
俺はそこでようやく――
「な、何をやって……」
正気を取り戻《もど》して、焦《あせ》って、
「だ、ダメですよそれは……っ！」
ベッドから立ち上がって教官に迫った。
酔《よ》いどれておかしくなった教官の、その下着を元に戻そうと思って。
しかし。
その直後――俺は急激に目線の高さの上昇《じょうしょう》を感じ取った。
ありえない速度で身長が伸《の》びている。
そんな感覚。
感覚というか、実際にそうなっていた。

覚醒《かくせい》した王の血が馴染《なじ》み終えたらしく、俺は元のサイズに戻り始めていた。

そのせいで良くない事態がふたつ、発生する。

ひとつは子供サイズの衣服が成長に付いていけず破け、裸《はだか》に近い状態になってしまったこと。

もうひとつは、教官へと迫るさなかに体が元に戻ったことで体勢を崩《くず》し、真正面の教官めがけて転倒《てんとう》しかけていること。

そしてその転倒は残念ながら回避《かいひ》出来ず——

俺は直後に——たゆんっ、と。

柔《やわ》らかでふくよかな、ナマの膨らみの狭間《はざま》へと顔を突《つ》っ込《こ》ませてしまっていた。

「うんっ……」

「す、すみません……っ！」

「あは……なぁに？　直接吸いに来てくれたの？　しかも裸で……えっちね？」

「ち、違いますっ！　これは事故で……！」

「……あら、それよりテアくん、元に戻れたのね？　それなのに胸に飛び込んでくるだなんて、ふふ、おっきな甘《あま》えん坊《ぼう》さんね。でも別にいいのよ？　おっきくなっても、そんなの気にせず、好きなだけこのおっぱいをちゅうちゅうしちゃっていいんだからね？」

「だからそういうつもりではなくて……！　あぁもうっ、失礼します！」

「あっ、ちょっと～！　どこに逃げるつもり～？」

「内緒《ないしょ》です！」

俺はタンスを漁《あさ》って適当な衣服を持ち出し、私室から逃げ出した。

せっかく元に戻れたというのに、その嬉しさを噛《か》み締《し》めることが出来るのは、もう少しあとのことになりそうだった。


そんなわけで――一時間後。

「ごめんねテアくん……私、酔ってまた何かしちゃったのよね？　何も覚えてないけど、誠心誠意謝るわ……本当にごめんなさい」

シラフの教官が、申し訳なさそうに頭を下げていた。

場所は居間。

今はもう互《たが》いに落ち着いて、テーブルで向き合っている状態だった。

「気にしないでください」

さっきから俺はそう言い続けていた。

「もう大丈夫《だいじょうぶ》ですから。過ぎたことですしね」

そもそも被害《ひがい》らしい被害はないのだ。

むしろご褒美《ほうび》めいたことをたくさんしてもらえた気がする。

教官が自分を責める必要はないはずだった。

「うん……ありがとね」

教官はそう言って顔を上げてくれた。

顔を上げて、それから。

元に戻った俺と改めて向き合って。

小さく微笑みながらこう言ってくれた。

「それと、おかえりなさい。おっきなテアくん」

「ただいまです。と言っても、姿が変わってただけですから、俺はずっとここに居たわけですが」

「それはそうなんだけど、気分的にね」

確かに気分としてはそんな感じではあった。

「このテアくんを見るのは、一週間ぶりなのね」

「違和感《いわかん》でもありますか？」

「んー、違和感はないけど、やっぱり青年テアくんの方がいいかな、とは思うわ」

「そう、ですか」

「なんというか、小さい頃《ころ》からの努力や経験を何ひとつ無駄《むだ》にせず成長した感じが、今のテアくんにはあるのよね。その洗練された雰囲気が、男の子にはふさわしくない表現かもしれないけど、綺麗というかね。見ててうっとりするの」

「……照れ臭《くさ》いですね」

そうまで言ってくれるとは。

まさに褒《ほ》め殺《ごろ》しというか、おかげでこちらは気恥《きは》ずかしい。

しかしその反面、素直《すなお》に嬉しくもあって。

元に戻れて良かったと、心の底からそう思えた瞬間《しゅんかん》でもあった。

「テアくん的には小さいときと今、どっちがいいの？」

「今ですかね。動作に差があるのと、幼い頃の自分にいい思い出がないこともあって」

あの頃の俺は迫害《はくがい》されていた。

人間至上主義全盛《ぜんせい》の時代だったから。

それより前の記憶《きおく》はまともに思い出せないという恐《おそ》ろしさ。

「いい思い出どころか、記憶自体ないんですよ……俺は、空っぽなんでしょうか」

最近よく見るあの夢が、俺の過去が空虚《くうきょ》ではないという証《あかし》だと思うが、現実味がない。

他人の記憶を覗いている感じで、俺の心は満たされない。

「テアくんは空っぽなんかじゃないわ」

「そうでしょうか……」

「昔はともかく、今は違うんじゃない？　もし違わないっていうなら、私がもっといい思い出をあげられるように頑張るから。ね？」

「ありがとうございます、教官」

教官の気遣《きづか》いに救われる。

それでもやはり、過去の空白はそのままで、埋《う》まらなくて。

（俺は……誰《だれ》かに愛されていたのか？）

夢の中であの乳母《うば》は俺を可愛《かわい》がってくれていたが、ならどうして俺を手放した？

可愛がっていたのは表面上だけで、本当は疎《うと》ましかったのか？

邪魔《じゃま》だったのか？

（……信じさせてくれよ……）

すがれる記憶をたぐり寄せ、俺は乳母に思いを馳《は》せる。

ぽっかりと空いた記憶の空洞《くうどう》が、いつか埋まってくれることを祈《いの》りながら。

第五章　真意

——翌朝。

俺は体を動かしていた。

久しぶりの走り込み。

覚醒した王の血が馴染んだらしい俺の肉体にどんな変化が起こったのか、それを確かめるために走っている。

しかし——

（意外と……何も変わっていない？）

多少体力がマシになったようには思うが、それだけ。

平常時に関しては本当にそれだけだった。

だがそれは当然なのかもしれない。

今回の成長遡行《そこう》の恩恵《おんけい》は——王の血が馴染むこと、らしい。

つまり平常時にたいした恩恵はなく、目が赤い燐光《りんこう》を発した際の、王の力がみなぎっている状態のときにこそ、今回の恩恵は発揮されるのだと思う。

あの状態の俺は油断すれば闇《やみ》の意志に呑《の》まれそうになる。

羽を展開すれば今のところ一〇〇パーセント呑まれている。

しかし、覚醒した王の血が肉体に馴染んだことによって、今後はその負担が軽減、あるいは綺麗になくなっているのかもしれない。

（だが、今は確かめようがない）

あの状態に至るのは簡単なことではない。

自分の意志ではたどり着けない。

感情の高ぶりに呼応して、王の力はみなぎってくる。

だから今は確かめようがないものの、それでもどうにかして確かめなければならない。

今回の恩恵——王の力が制御《せいぎょ》出来ているのか否《いな》かを。

「くふふ」

そう考えつつ走り込みを続けていると——

「どうやら元に戻ったようじゃな？」

空より声があった。

そして時が止まる気配。

すべての音が遠ざかり、万物《ばんぶつ》が停止した風景。

そのただ中に――

「なんの用だ？」

「なんじゃと思う？」

またもサタナキアが現れた。

飛来した彼女は、むふんっ、と偉《えら》そうに胸を張った。

「また質問返しか。いい加減にやめてくれ」

「きしし、わしはひねくれておるでな。最初からまっとうに答えたくはないんじゃよ」

「おかしな奴《やつ》だな」

「そう言うでない。悲しいじゃろうが」

そう言いつつ、どこも悲しげではなかった。

むしろ楽しげだった。

「ところで、いちいち時を止めて現れるのはお前の趣味《しゅみ》なのか？」

「何を言っておるか。このことが誰にも悟《さと》られぬよう配慮《はいりょ》しとるんじゃよ。悪魔《あくま》の大幹部と交流中の姿をもし誰かに見られたら、お主も困るであろう？」

「つまり俺のためなのか？」

「お主のためであり、わし自身のためでもある」

「お前も人間には見られたくないのか？」

「どちらかと言うと、悪魔にじゃがな」

「……何？」

「まあそれはどうでもよいことじゃ。今回の本題は別にある」

サタナキアはそう言うと、俺を見上げ、

「とりあえず、血の活性を見せてみよ」

「なんだって？」

「血の活性じゃよ」

「それは……王の力をこの場で使ってみせろということか？」

「そうじゃな」

「無理だ」

「なんじゃて？」

「あれは感情の高ぶりに呼応して勝手に至るものだ。恐らくは怒《いか》りが起因。自分の意志で至れるものではない」

「そんな馬鹿《ばか》な」

サタナキアは驚《おどろ》いたように言った。

「……しかしなるほど。そのような欠陥《けっかん》があればこそ、お主は覚醒《かくせい》に至るのが遅《おそ》かったわけじゃな」

「欠陥？」

「怒りに呼応せずとも、血の活性は引き出せる」

「本当か？」

「うむ。たとえばわしもこの通り」

そう言った次の瞬間、サタナキアの瞳《ひとみ》が紅蓮《ぐれん》の燐光を発し始めた。

気配と圧が膨《ふく》れ上がり、強さがひと回り以上増したように感じる。

「血の活性は王の血に限ったことではない。悪魔なら誰でも至ることが出来る。ただし素質が必要であるために、全員が開花するわけではない。そして開花したところで、欠陥があれば自由に発動出来るわけではない。今のお主のようにな」

「……欠陥とはなんだ？」

「自由活路が開けておらぬ」

「自由、活路……？」

「血の活性に至れる素質を持つ悪魔であれば、通常ならば一〇歳前後でそれが開く。お主は恐らくそれが未《いま》だに開いておらぬのじゃよ。ゆえに血の活性のオンオフが自分の意志ではコントロール出来ぬのじゃろうな」

「それは……じゃあ、どうすればいい？　どうすればあんたみたいに簡単に至れる？」

「焦《あせ》るでない。今教えてやろう」

サタナキアはそう言ったかと思えば――

突如《とつじょ》として右手を突《つ》き出し、俺のみぞおちを殴《なぐ》ってきた。

目にも留《と》まらぬ速さのそれは、俺の衣服を突き破り、皮膚《ひふ》、臓腑《ぞうふ》をも貫《つらぬ》き、背部から外へと飛び出した。

「――何を……」

血が流れ出す。痛みが全身を駆《か》け巡《めぐ》る。

俺は正面を見やる。

サタナキアは無表情で、何を考えているのか読めない、分からない。

だが、攻撃《こうげき》された。

致命傷《ちめいしょう》だった。

（こいつはやはり……）

所詮《しょせん》は悪魔か。

少しでも心を許していたのが間違《まちが》いか。

これまでの邂逅《かいこう》は、俺を油断させて殺すための計画だったのかもしれない。

（……ふざけ、やがって……）

怒りが膨れ上がる。

俺を殺そうとしているサタナキアへの。

何より慢心《まんしん》していた自分への。

――怒り。

目が、熱くなる。

焼けるように、燃えるように。

燐光を発し始めて、それから――

「至ったか」

サタナキアに反撃しようとしたところで、彼女はそう言った。

「乱暴なやり方で済まんかったな」

「な、に……」

「血の活性への道を自由に開くようにするには、まずお主を血の活性状態にせねばならんかったわけじゃよ。殺そうとしたわけではない。わざと最高に怒《おこ》らせただけじゃ」

サナタキアはそう言うと、俺の腹部から拳《こぶし》を引き抜《ぬ》いた。

「ぐっ……」

痛みが走り、血が噴《ふ》き出すも、血の活性状態ゆえに俺はすぐさま全快する。

そんな俺を見つつ、サタナキアは続けた。

「王の血だけあってさすがの治癒《ちゆ》力じゃな。圧も申し分ない」

「……改めて確認《かくにん》するが、敵意はないんだな？」

「ない。今のはお主をこの状態にするためじゃと言ったろう？」

「……そうか」

「むふんっ。なんじゃったら、わしにも同じことをしておくかえ？　この腹部を拳で貫通《かんつう》させてしまってもよいぞ？」

ニヤけた表情でそう言ったサタナキアは、ゴシック調のドレスの裾《すそ》をめくり上げ、真っ白でか細い腹部をあらわにさせた。腹部だけじゃない。ドレスの裾をめくったのだから、太ももや無駄《むだ》にセクシーなショーツまで見えていた。

「か、隠《かく》せ！　なぜめくった！」

「にゅふん。こんな年寄りの体に照れなくてもよいじゃろうに」

「……何が年寄りだ」

見た目はどう見ても幼女でしかない。

「まあ何はともあれ、じゃ」

サタナキアはドレスの裾を元に戻《もど》し、俺を真面目《まじめ》な表情で見据《みす》え始める。

「自分の意志で、血の活性を発動出来るようになりたいんじゃよな？」

「……出来ることなら、な」

「条件は揃《そろ》っておる。あとはお主がとあるアクションを起こせばよい」

「何をすればいい？」

「わしの血を吸え」

「……なんだと？」

「血の活性に至った状態で、同じく血の活性に至っている悪魔の血を吸えば、血の活性に至るための自由活路をこじ開けることが出来る。自由活路が独りでに開かなかった者のための救済措置《そち》じゃな」

そう言って自身の人差し指を噛《か》んで、サタナキアは血を滴《したた》らせ始めた。

「さあ、吸うがよい」

「……それだけでいいのか？」

「それだけじゃと？　血の活性に至れる悪魔が最低二人は必要なんじゃぞ？　その上で双《そう》

方《ほう》がある程度親しくなければ、このようなことは出来ぬであろう？」

「確かにな」

「これは決して、それだけ、のひと言で片付けてよい儀《ぎ》ではない。厳《おごそ》かな儀じゃ」

そう呟《つぶや》き、サタナキアは血を流す人差し指を差し出してくる。

「さあ、吸うんじゃ」

「分かった」

俺はサタナキアに近付き、片膝《かたひざ》をついてしゃがんだ。

それから目の前の人差し指を口に含《ふく》み、その血を吸っていく。

鉄の味がした。

「旨《うま》かろう？」

「マズい」

「なんじゃと……そこは嘘《うそ》でも旨いと言っておけばよいもの。気の利《き》かぬ男じゃな」

サタナキアは不機嫌《ふきげん》な表情を浮《う》かべていた。

面倒《めんどう》な奴だな。

「血はいつまで吸えばいいんだ？」

「む。もうよいかもしれん」

そう言われ、俺は人差し指から口を離《はな》す。

「何か変化を感じるかえ？」

「少し、体が熱いな」

アルコールでも含んだかのように、体が内側から温まってきた。

「なら成功じゃな。すでに自由活路は開けておる。試《ため》しに平常状態に戻ってからもう一度至ってみよ」

「……戻って、至る」

まずは戻るところからだ。

目を閉じて、普段《ふだん》の自分を意識する。

途端《とたん》、目の熱さがなくなった。

燐光《りんこう》が途絶《とだ》え、血の活性が収まったのだろう。

(今度はここから……)

血の活性を意識する。

悪魔《あくま》としての自分。

人にはない力。

俺はそれを渇望《かつぼう》し、モノにする。

（……来た）

目に熱さが戻ってくる。

閉じていた目を開ける。

サタナキアの瞳孔《どうこう》に映る俺の双眼は、間違いなく紅蓮の燐光を発していた。

「うむ、自由活路が開いたようじゃな。《醒血》が馴染《なじ》んだ影響《えいきょう》で呑《の》まれる気配もない。ここから更《さら》に王の力を展開しても、ある程度は制御《せいぎょ》し切れるじゃろうな」

「なぜだ？」

「なぜだ、とはなんじゃ？」

「なぜあんたは協力してくれる？」

相変わらず分からない。

こいつがこんなにも協力的な理由が。

「次会ったときに教えよう。まとまった時間が取れぬゆえ、こうしてちびちびと課題を潰《つぶ》していくしかないんじゃ」

「次はいつ会える？」

「またすぐ会える」

そうとだけ言って、サタナキアは俺に背を向ける。

飛び立とうとするその背中に、俺は最後に聞いた。

「グラシャ＝ラボラス」

「なんじゃて？」

「グラシャ＝ラボラスに気を付けろ、と言われた」

「誰《だれ》にじゃ？」

「言わないでおく」

セイディさんの個人情報をこいつに伝えるのは怖《こわ》い。

でも質問は行なう。

セイディさんがあんなことを言ったのはなぜか分からない。

だがそれはそれとして、気になるのだ。

「グラシャ＝ラボラスは俺たち人間にとって謎《なぞ》の悪魔だ。奴《やつ》が何か企《たくら》んでいるなら、情報と対策を教えて欲しい」

「奴は……今はまだ人間に対しては動かぬと思うがな」

「そうなのか？」

「動くとすれば……」

サタナキアはそこまで言って、口を閉《と》ざす。

「……まあいずれにせよ、気にせんで良かろう」
「そうか」
「ああ、ではの」
サタナキアが飛び立っていく。
時間が動き出す。
血の活性を抑《おさ》え、俺は走り込みを再開させる。
(サタナキアは気にするなと言ったが……)
果たして本当に大丈夫《だいじょうぶ》なのか。
グラシャ＝ラボラス。
一応、警戒《けいかい》だけはしておくべきか。
(それと……)
自由活路。
血の活性に自分の意志で至れる力。
平常時は相変わらずだが、ひとたび血の活性を発動させれば全盛期《ぜんせいき》を超《こ》えられる。
(試しに、実戦に出向いてみるか)
今日という一日は、この一週間で怠《なま》けた体をほぐす時間に充《あ》てようと思っているが、明日ならば問題ない。
俺は引き続き、照り付ける日差しの下を駆《か》けた。

――翌朝。
起床《きしょう》した俺はベッドから起き上がる。
何か物足りなさがあった。
（きっと……）
ここ数日は夢を見ていないから、それを物足りなく思っているのだろう。
昔の記憶《きおく》。
封《ふう》じられていたと思《おぼ》しき俺の過去。
だが、それを見せられてもしょうがない。
何をしろというのか。
俺はもちろん、自分の過去を知りたい。
あの夢に登場する乳母《うば》は、俺が知りたいことをすべて知っていそうな気がする。
しかし乳母を探そうにも、ヒントがない。
あの乳母にはモヤがかかっているから。

（まるでぶら下げられた人参《にんじん》だな……）

俺が馬で、夢が人参。

決して手の届かない、それでいて魅力《みりよく》的なモノを、俺は見せられている。

見せられているというか、思い出している。

封じられていたと思しき記憶が、隙間《すきま》からあふれて。

（乳母のことも思い出せればいいんだが……）

そうならないのは恐《おそ》らく、乳母の部分に更なる強い封印がかけられているからじゃないか、と勝手に推測する。

封印から逃《のが》れてなお、そこだけは隠匿《いんとく》されている。

それだけ、乳母の記憶は俺にとって重要であり、

（……封印をかけた側には都合が悪い？）

俺の記憶に封印をかけたという確証はないが、もしかけたのが事実だとしたら、それを実行したのは悪魔の上層部だろう。

なぜそんなことをしたのか？

考えても分からない。

考えれば考えるほど憶測《おくそく》だけが強まる。

色々とこんがらがりそうな気がしたので、俺は一旦《いったん》思考を放棄《ほうき》し、居間に向かった。

「テアくん、おはよ」

居間には早起きの教官が居た。ミニ丈《たけ》のエプロンドレスを身にまとい、いつも通りに朝食を作っていた。

「おはようございます、教官。手伝いますよ」

「うん、ありがと。じゃあお野菜を盛り付けてもらえる？」

「分かりました」

元に戻《もど》ったのだから、教官の手ばかりを煩《わずら》わせるわけにはいかない。

「今日は私の仕事に付いてくるのよね？」

「はい、お供させてもらいます」

自由活路を試すための実戦だ。

「じゃあきちんと食べていかないとね」

かちゃり、とテーブルに朝食の皿が並べられていく。

今日はシンプルにベーコン、スクランブルエッグ、サラダだった。

椅子《いす》に腰《こし》を下ろし、俺と教官は食事を開始する。

「サラさんはまだ起きてこないんですね」

「あぁ、姉さんならもうとっくに起きて庭で何かしてるわよ」

耳を澄《す》ませば、確かに庭の方で音が聞こえる。

鉄を打つ音だ。

ここのところずっと素材集めをしていたが、昨日からようやく何かを作り始めたらしいことは知っている。エルト・クライエンスとしての通常業務は現在お休み中だと言っていたので、仕事をしているわけではないのだろうが。

「——出来たーっ！」

やがて。

俺が朝食を大体胃の中に収めたところで、サラさんが「ふぅ」と汗《あせ》をぬぐいつつ勝手口から家の中に入ってきた。その手には輝《かがや》かしい短剣《たんけん》が持たれている。

「姉さん、何それ？」

朝食中の教官が尋《たず》ねると、サラさんは自慢《じまん》するようにその短剣を掲《かか》げた。

「これはね、狙撃銃《そげきじゅう》用の刺突剣《しとつけん》。横薙《よこな》ぎでも使えるけどね」

「テアくんにあげるの？」

「その通りっ」

サラさんは頷《うなず》くと、俺の隣《となり》にやってきた。

「ということで、はいっ、あげる。近接戦闘《せんとう》のお供にどぞっ」

「いいんですか？」

「そりゃテアくんのために作ったもんだしね。にひひ、元に戻ったき・ね・ん♪　子供のテアくんも可愛《かわい》かったけど、私はこっちのテアくんの方がいいからね」

「ありがとうございます、サラさん」

俺はもらった刺突剣を、早速《さっそく》狙撃銃の先端《せんたん》に取り付けてみた。

「いいですね」

「でも、狙撃銃に銃剣なんて普《ふ》通《つう》付けないわよね。重心がぶれて撃《う》ちにくそうだわ」

「テアくんなら大丈夫でしょ」

そんなやり取りののち、朝の支《し》度《たく》をすべて終わらせ、俺と教官は外に出た。

教官が本日こなす予定の依頼《いらい》は、当然ながら悪魔《あくま》狩《が》り。

エステルド帝国《ていこく》領内の西側に位置するハブロフ荒野《こうや》と呼ばれる荒《あ》れ地《ち》で、数体の悪魔が現地民によって目撃されたらしい。目撃地点が人里に近いこともあって、速《すみ》やかに討伐《とうばつ》して欲しいとのことだった。

ハブロフ荒野には列車で移動する必要がある。

俺たちは帝都《ていと》中央駅から、ハブロフ荒野方面の列車に乗り込んだ。

やがてハブロフ荒野の人里に到着《とうちゃく》すると、馬を借りて悪魔の目撃ポイントに向かう。

「あれだわ」

少しして、前方に涸《か》れかかった泉が見えた。

そこを拠点《きょてん》とするかのように、悪魔が数体うろついている。

「偶数枚種《イーブンナンバー》ですね」

全部で五体確認《かくにん》出来る悪魔は、いずれも偶数枚種《イーブンナンバー》だった。

奇数枚種《オッドナンバー》を除いて、悪魔の強さは単純に羽の枚数で決まる。

目の前に居る悪魔たちは、平均すると一体あたり四枚程度。

下級の集まりと見て間違《まちが》いないだろう。

「詳細《しょうさい》な情報がなかったからしょうがないけど、私たち討伐対象に対して戦力過多ね。あの程度なら私たちが出張るまでもなかったかもしれないわ」

「まあちょうどいいですよ、俺にとっては」

久しぶりの実戦だし、血の活性の安定性を確認出来ればそれでいいのだから。

俺たちは馬から下りた。

「俺一人に任せてもらえますか？」

「平気？」

「平気です」

「まあ……ならいいわよ」

「ありがとうございます」

せっかく銃剣化したのだし、狙撃銃の弾《たま》は使わずに倒《たお》してみよう。

そう考えつつ、俺は意識する。

悪魔の力を。

血の活性を。

「テアくん……あなた、目がまた赤く……」

――自由活路。

その道を開いた俺は、怒《いか》りに任せずとも血の活性に至ることが出来る。

醒血《せいけつ》とやらが馴染《なじ》んだおかげで呑《の》まれる気配もない。

完璧《かんぺき》だ。

しかし羽は展開しないでおく。

そちらの制御《せいぎょ》も一定以上は出来るようになっているはずだが、さすがに四枚羽の集団相手に王の力を使うのはオーバーキルが過ぎる。

「テアくん……大丈夫なの？」

教官は不安そうだった。
醒血を馴染ませた件は知っていても、自由活路の件は知らないからだろう。
「大丈夫《だいじょうぶ》です、俺はこの力を制御しましたので」
だから俺は毅然《きぜん》とそう告げて――
次の瞬間《しゅんかん》には悪魔たちのど真ん中に飛び込んでいた。
一〇〇メートル近い間合いを一瞬で詰《つ》めた。
全盛期《ぜんせいき》――いや、悪魔の力も加わり、かつて以上のスピード。
やはりこの状態は――血の活性は、いい。
最高だ。
「ぐぎぃ……っ⁉」
俺の突如《とつじょ》としての出現に悪魔たちが驚《おどろ》いていた。
俺はそんな反応を気にも留めず振《ふ》るう。
狙撃銃を銃としては扱《あつか》わず、近接の刃《やいば》として振るう。
コンマ数秒を更《さら》に切り刻んだ刹那《せつな》よりも短い時間で、振るう。
結果。
俺の出現に反応した以上の動作を行なうことなく、悪魔たちは絶命した。

「す、すごい……」

遅《おく》れて移動してきた教官が、スライスされた死骸《しがい》を眺《なが》めつつ言った。

「元の強さに戻ったというか、そういう次元は超《こ》えてるんじゃないの？　相手が四枚羽とはいえ、ろくに反応させないまま倒してしまうだなんて。それも複数よ」

教官は感動さえしているようだった。

「これならもう、狙撃銃なんて担《かつ》がなくてもいいんじゃないかしら？　姉さんの二刀に復帰しちゃえば――」

「それは出来ません」

「どうして？」

教官は不思議そうだった。

「テアくんは剣士に戻るのが目標なんでしょ？　だったら、このレベルまで到達《とうたつ》出来ているんだったら、もう戻ってもいいんじゃない？」

「いいえ、まだダメです」

「なぜなの？」

「こんな力に頼《たよ》ったままで、戻っていいわけがないじゃないですか」

「テアくん……」

「俺が納得《なっとく》出来ないんです。ただのわがままですけどね」

こんな力。

悪魔の力。

俺はこの力を毛嫌《けぎら》いしている。

だが使っている。

悪魔を殲滅《せんめつ》するためならば、俺は堕《お》ちてもいいとさえ思っているから。

大嫌いな存在を葬《ほうむ》るためなら、俺は大嫌いな力を幾《いく》らだって頼る、使う。

でも、だからこそ。

大嫌いな力に頼っているうちは、大好きなモノに触《ふ》れたくはなかった。

「俺は今、穢《けが》れているんです。その穢れがあるままで、俺はあのふた振りに触れたくはありません」

わがままだ。

自分ルールだ。

めんどくさい縛《しば》りでしかない。

そんなことは分かっている。

分かりつつ、しかし俺はこの縛りを貫《つらぬ》く。

貫かなきゃならない。
大嫌いな力に染まったまま、大好きなモノに触れたくはない。
それはあの二刀は元より、教官にだって――
素《す》で全盛期の輝きを取り戻《もど》すまでは、大切なモノに手を伸《の》ばしたくはなかった。
「ほーん、なるほどのう。お主はその力を穢れと呼んでしまうのかえ？」
そのときだった。
最近よく耳にする声が空から降ってきた。
次の瞬間にはその声の主も舞《ま》い降りてくる。
案の定、サタナキアだった。
「あなたは……っ！」
教官が警戒《けいかい》の構えを取った様子を見て、俺はふと思う。
（……今回は時が止まっていない？）
いや、周囲をよく見れば風に舞う木の葉が宙で静止しているのが分かる。
時止めの魔法は発動している。
だが今回は俺だけでなく、教官も動けるようにしているのか。
なぜだ？

「こんなところにまで現れるのか？　ご苦労なことだな」

「血の活性を穢れと呼ぶなら、その力を返却《へんきゃく》するかえ？」

「そんなことは出来ないだろ」

「そうじゃよ。むふんっ、じゃから一生根気よく付き合っていくことじゃな？」

サタナキアは意地悪な表情で言った。

教官が銃剣を構えて、俺と並び立つ。

「あなたは……なんなの？」

「ん？」

「テアくんから聞いているわ。テアくんに成長遡行《そこう》の魔法をかけて、ルシファーの血を馴染ませたそうね？　それに血の活性？　とかいう状態への移行がスムーズになったのも、あなたが関係しているんじゃないの？」

「そうじゃが、ならばどうした？」

「なぜそんなことをするの？　あなたは悪魔なのに、どうしてテアくんの手助けをしているの？　答えて」

「知りたいのかえ？」

問い詰められて、サタナキアは不敵に笑った。

「まあ別に良かろう。わしもそのつもりで来たんじゃしな」

……そのつもりで来た？

「じゃがな、わしがテアの手助けをする理由を明かすにはひとつ条件がある」

「条件？」

俺が首を傾《かし》げると、サタナキアは簡潔に言った。

「わしを倒してみせよ」

「……なんだと？」

「わしを倒せたら、色々と教えてやろう」

「なぜ戦う必要が……？」

「それもお主らが勝てたら教えてやろう」

頑《かたく》なにそう言い張るサタナキア。

何を考えているんだ？

何がしたいんだ？

行動の真意が読めないそんな中で、俺の脳裏《のうり》にふと――

（……なん、だ……？）

めまいのような感覚があった。

それが始まりだった。
何かの記憶《きおく》が流れ込んでくる。
断片《だんぺん》的な光景が脳裏をよぎっていく。
——幼い俺。
『やだ！　離《はな》れたくない！』
ダダをこねるように幼い俺はそう言った。
その言葉をかけられたのは、モヤがかかった乳母《うば》で——
『グラシャ＝ラボラス、早く連れて行くがよいわ……辛《つら》いんじゃよ』
『お任せあれ』
乳母に命じられ、シルクハットの老悪魔《あくま》が幼い俺の手を引いてどこかに向かう。
『どこに行くの！　——とはもう会えないの⁉』
『テア様、嘆《なげ》きなさるな。貴公は大義を授《さず》かったのである』
——暗転。
別の光景に切り替《か》わる。
どこかの一室。
治療《ちりよう》室のようなその部屋で、幼い俺の前には——グラシャ＝ラボラスと呼ばれていたシルクハットの老悪魔。
『……何をするの？』
『テア様にはこれまでのことをすべて忘れていただく、名前以外のすべてを』
『いやだ！　どうして⁉』
『王がそれを望んでおられるのだ――すべては未来のために』
見覚えのない光景はそこで途切《とぎ》れ――
（――っ、今のは……）
現実。
ハブロフ荒野《こうや》。
その只中《ただなか》で佇《たたず》む自分に意識が戻ってきて――
「……どうしたの？」
教官が、心配そうに俺を見つめていた。
「ねえ、大丈夫？　やっぱりその力、無理してるんじゃないの……？」
「……大丈夫です」
血の活性は何も関係がない。
夢のようなモノが見えて、固まっていた。

白昼夢？

あの夢の続き？

幼い俺の行き着いた先が、今の光景だというのか？

グラシャ＝ラボラス。

シルクハットの老悪魔。

すべてを忘れていただく、と言っていた今の光景は事実なのか……？

「なんじゃ？　体の調子でも悪いんかえ？」

俺の様子を見て、サタナキアまで心配そうにしていた。

俺はそんなサタナキアに尋《たず》ねる。

「……グラシャ＝ラボラスが、俺の記憶を奪《うば》ったのか？」

「――っ。なぜそれを……？」

「やはりそうなんだな？　一体どういうことだ？　昔の俺に何があった？」

「それは……なるほど、お主、記憶が戻りかけて……」

口ごもるサタナキア。

確実に何かを知っているのだろう。

「……良かろう」

返答を待っていると、やがてサタナキアはそう言った。

「それさえも、わしに勝てたら教えてやろう」

「分かった」

サタナキアの真意を知るためにも、どのみちサタナキアは倒《たお》さなければならない。

ならばひとまとめにされた分だけ分かりやすくていいだろう。

サタナキアを倒せれば、今抱《いだ》く疑問は大体解消される。

そういうことだ――

「ちなみに言っておくが、わしは容赦《ようしゃ》せんぞ？　持てる力のすべてをもって、全身全霊《ぜんれい》で
お主らの相手をしてやろう」

その言葉に合わせて、サタナキアの瞳《ひとみ》が赤い燐光《りんこう》を発し始める。

羽が舞い広がる。

二〇〇枚近い羽。

覚醒《かくせい》復活を遂《と》げたアガリアレプトの、ざっと見積もって二倍。

しかし俺は臆《おく》さない。

絶対に負けない自信があった。

「教官、危ないですから脇《わき》にのいててもらえますか？」

「舐《な》めないでちょうだい」

教官もまた、臆してはいなかったらしい。

「私も挑《いど》むわ。テアくんの邪魔《じやま》にならないように頑張《がんば》るから」

「分かりました」

教官の熱意を信じる。

最悪、教官を守りながら戦えばいいだけのこと。

今の俺にはそれが出来る。

なぜなら――

「サタナキア、容赦しないのは俺も同じだからな？」

俺は王の力を展開する。

忌々《いまいま》しいルシファーの血を引き継《つ》ぎし証《あかし》――六六六枚の羽。

舞い広がるそれを見て、サタナキアはぞくりと笑ってみせた。

「王翼《おうよく》……凄《すさ》まじいのう」

「あんたのおかげで、自我が呑《の》まれなくなった」

「くふふ、それは重畳《ちようじよう》」

サタナキアは心底楽しそうに笑ってみせた。

「ならば来るがよいわ。わしを超《こ》えてみせろ」

「——言われなくとも」

俺はサタナキアめがけて狙撃銃《そげきじゆう》を撃《う》ち放った。

それが開戦の合図となった。

「そんなモノが当たるとでも？」

サタナキアは銃弾《じゆうだん》をいともたやすく避《さ》けてしまった。

が、俺はその銃弾を基点にして自分の位置をワープさせる。

銃弾を避けたサタナキアの背後——

「銃と座標移動魔法の組み合わせかえ？　どこで習った？」

「王の力を展開すると勝手に魔法の使い方が思い浮《う》かぶんだよ」

「ほう、そういうもんかえ」

のんきに会話しつつも、俺たちの動き自体は音の速さに迫《せま》っていた。

ワープした俺は狙撃銃の先端《せんたん》をサタナキアに突《つ》き刺《さ》そうとする。

しかしサタナキアがその瞬間《しゆんかん》、消える。

「わしは時間と空間の支配者じゃぞ？」

サタナキアが次に現れたのは、教官の背後だった。

「座標移動はわしも得意でのう。まずはこの女から片付けてくれよう」

「そう簡単にはやられないわ！」

教官は振《ふ》り向きざまに銃剣《じゆうけん》をぶっ放した。

しかしサタナキアは羽を何十枚か前に持ってくることでそれを防いでしまう。

だがそれで屈《くっ》する教官ではなかった。

教官は銃剣でサタナキアに斬撃《ざんげき》を仕掛《しか》けていく。

前に持ってきたままの羽で防がれ、弾《はじ》かれても、教官は攻撃《こうげき》をやめない。

俺はその隙《すき》にサタナキアの背後へと高速移動し、サタナキアを教官との板挟《いたばさ》みにした。

「──教官、退避《たいひ》をッ！」

教官に気が行っているサタナキアめがけて、俺は右手を射出点とした光条魔法を解き放った。

教官をも巻き込みかねない超威力《ちょういりょく》の粒子《りゅうし》光線。

教官は俺の指示を聞いて退避してくれたが──教官に退避出来る余裕《よゆう》があるならば、それはすなわちサタナキアにとっても余裕があるということに他《ほか》ならず──

「甘いわな」

サタナキアは飛び立って回避《かいひ》する。

しかしそれを予想していた俺は、天候魔法で一瞬未満の時間でハブロフ荒野に暗雲を出現させ、魔力で強化した亜光速の雷《かみなり》をサタナキアに落とした。

「ちぃっ……」

油断していた、とでも言うように苦々しい表情を浮かべるサタナキア。

雷の直撃は回避出来たものの、羽が数十枚、掠《かす》って焼かれていた。

「お得意の時止めでも使えば安全に回避出来たんじゃないか？」

「時止めは、すでに使っておるからの……」

確かに、俺と教官以外のすべてが止まっているのが今の世界だ。

だがそうであっても時止めは使えるんじゃないか？

いや無理なのか？

時止めは重ねての使用が出来ない？

新たに使用すれば、それまでの効果が途切れるのか？

しかしそれはそれで別に構わないのでは？

新たな時止めを使用し、雷もろとも俺たちの動きを止めていれば、雷を食《く》らうことはなかったはずだし、動けない俺たちをそのまま倒すことも出来ただろう。

そもそもの話。

その前から時止めを使って俺たちの動きを止めていれば、あっさりとサタナキアの勝利に終わったのではないか？

いや。

にもかかわらず、サタナキアは時止めを上書きしようとはしない。

出来ない？

（しない、のではなく……）

世界全体に作用させていると思《おぼ》しきこの時止めを、一瞬でも解除するわけにはいかないということなのか？

──思えば。

成長遡《そ》行《こう》のためにと邂逅《かいこう》を果たしたときから、サタナキアは世界全体の時間を止めているように見えた。

なぜ世界全体の時間を止めているのか。

（まさか……俺と会っていることを誰《だれ》にも悟《さと》られるわけにはいかないから？）

誰にも。

それこそ、身内たる悪魔《あくま》にも。

それゆえに万全《ばんぜん》に万全を期して──

「……どうしたんじゃ？　動きを止めてしもうて」

思索《しさく》に耽《ふけ》る俺を見て、サタナキアは訝《いぶか》しげだった。

「なあ」

俺はそんなサタナキアを見つめ返し、戦意を一旦《いったん》しまい込み、言った。

「あんたは悪魔を裏切っているのか？」

「──っ」

「図星か？」

表情を落ち着かないモノにしたサタナキアを見据《みす》えつつ、俺は続けた。

「そう考えれば辻褄《つじつま》は合うんだ。というか、最初からそれしかなかった。あんたが俺に協力的なのは、悪魔を裏切っている、あるいは裏切ろうとしているからだ。そうだな？」

「…………」

「なぜ裏切る？」

「わしは……」

サタナキアは何かを言おうとして、言いよどむ。

そんな折──

「結局」

結局。

サタナキアの声でもない、教官の声でもない、第三者の声が唐突《とうとつ》に響《ひび》いた。

「サタナキア卿《きょう》は子離《こばな》れ出来なかった——そういうことでありますな」

そいつは、いつの間にかこの場に現れていた。

尋常《じんじょう》ならざる気配だった。

黒服をぴしっと決めた、シルクハットの老紳士《しんし》。

一見すると人間でしかないが、その背中にはサタナキアと同等かそれ以上に見える枚数の、おびただしい量の羽が確認《かくにん》出来た。

「グラシャ＝ラボラス……」

サタナキアが息苦しそうに呟《つぶや》いた。

やはりこいつが——グラシャ＝ラボラス。

すべてが謎《なぞ》に包まれた、極星一三将軍《ノックスジェネラル》の一角。

「サタナキア卿、これは大層いけないことであるのだという、その自覚はお有りか？」

「お主、なぜ時止めの中を普通《ふつう》に動けるのじゃ……？」

「質問に質問で返すのは貴公の悪い癖《くせ》だ。まあよろしい。紳士な我《わ》が輩《はい》はお答えしよう」

　グラシャ＝ラボラスは軽快に言葉を紡《つむ》ぐ。

「貴公の時止めに対する《反抗魔法《アンチマジック》》が完成しているから、ですな」

「なんじゃと……」

「貴公の裏切りは予見されていたモノ。それゆえに対策もばっちりという……ねえ？」

　怖気立《おぞけだ》つような微笑《ほほえ》みだった。

　予見されていた――裏切り。

　サタナキアが俺に接触《せっしょく》を図《はか》ることは、あらかじめ分かっていたというのか？

（それに……）

　サタナキアが子離れ出来なかった、とは一体……。

「あぁ、そういえばテア様、お久しゅうございます」

　グラシャ＝ラボラスが俺に頭を下げてきた。

　しかし底意地の悪そうな笑みを浮かべて、

「まあ、覚えてはおられぬでしょうがな」

「いいや、少しだけ思い出したさ。お前が俺の記憶《きおく》を奪《うば》ったんだ」

「ほう、記憶の枷《かせ》を自力で外しておいでとは……さすがは王の血を引く者」

　感心したように言いつつ、グラシャ＝ラボラスは小さく拍手《はくしゅ》した。

「しかし、サタナキア卿のことはまだ思い出せておられない？」

「それは……」

「おや、酷《ひど》い話だ。悪魔を裏切ってまで貴公に尽《つ》くそうとしている、子離れ出来ない乳母《うば》の顔を忘れておいでとはね」

「──っ」

乳母、と。

こいつは今そう言ったのか。

俺はサタナキアを見やる。

──乳母。

夢の中で何度か見た存在。

赤《あか》ん坊《ぼう》の俺を大事に抱《だ》いて母親の代わりをこなしていた《誰か》。

時に憂《うれ》い、時に遊んで。

幼少期の俺とかなり親しげだったあの乳母が──

「……あんたが、そうだったのか？」

尋《たず》ねると、サタナキアは頷《うなず》いた。

「わしとの記憶も、少しは思い出しておるんか？」

「……本当に少しな」

「少しかえ？」

「あんた自体にはモヤがかかっているんだ」

「で、ありましょうな」

グラシャ＝ラボラスが口を挟《はさ》んでくる。

「我が輩がそのように封印《ふういん》したのでありますから」

封印。

「なぜ、俺の記憶を封じた……？」

「ひとつ言えることがあるとすれば、すべては未来のために」

未来……。

過去の記憶でもこいつはそんなことを言っていたな。

「諸事情により、我々は幼いテア様を人間領へと送り出す必要があった。その際にこちら側で過ごした記憶は消す必要があったのですな。貴公には人間としての正義を抱《いだ》いてもらう必要があった。要するにホームシックになられては困るので、消したのですよ」

……こいつらは何を考えている？

俺を使って何をしたがっている……？

「ところが、それから十数年が過ぎたある日、そこの子離れ出来ない乳母がホームシックならぬチャイルドシックにかかりましてね、このような愚行《ぐこう》に打って出たわけでして」

《秘匿結社《イルミナティ》》の人員を回収に行かせてテア様と偶然鉢合《ぐうぜんはちあ》わせた結果、それまで我慢《がまん》していた想《おも》いが爆発《ばくはつ》したのでありましょうな、とグラシャ＝ラボラスは付け加えた。

「あぁ、なんという愛の形。この不肖《ふしょう》グラシャ＝ラボラス、涙《なみだ》がちょちょ切れる思いでありますが……しかし、ね。裏切りは裏切りであるという、その事実はすこぶる重くのしかかり、我が輩に断罪の命令が与《あた》えられた、ということでしてな」

つまり、と。

グラシャ＝ラボラスは言った。

「――サタナキア卿、貴公にはここで死んでいただく」

直後だった。

グラシャ＝ラボラスはすでにサタナキアの正面に移動していた。

裏切りを予知し、サタナキアの対策を練っていたというグラシャ＝ラボラス。

その拳《こぶし》がサタナキアにヒットした。

「ぐっ……」

守りに入りながらも、なされるがまま吹《ふ》き飛んだサタナキア。

それよりも迅速《じんそく》に移動し、サタナキアの落下地点に先回りすると、グラシャ＝ラボラスは吹き飛んできたサタナキアめがけて強力な魔法を放とうとする。

紛《まぎ》れもない致命《ちめい》の一撃。

そしてサタナキアはきっと、それを避《さ》けられない。

見ていて分かる。

グラシャ＝ラボラスのサタナキア対策は時止めに限った話ではないのだろう。

サタナキアの行動パターンを事細やかに知り尽くし、その上で動いている。

つまりサタナキアが回避《かいひ》行動を取ったところで、それを予見した別の攻撃《こうげき》がすぐさま降りかかることになるのだ。

今の、ほんのわずかな立ち合いを見ていただけでもそうであることが理解出来た。

だからこのままだと、

(……サタナキアは勝てない)

殺される。

そして俺は、それを理解した上でどうする？

俺は。

俺は——

（……サタナキアを……）
あいつは悪魔《あくま》だ。
見捨てたって——
（見捨てて……）
見捨てる？
それで、
（……いいのか？）
いいんじゃないか？
だって悪魔だろう。
（だが——）
だが。
だが。
乳母だ。
まだ色々と分からない部分があるものの、
（それでも、きっと……）
味方で。

身内で。
（だったら俺は――）
フラッシュバックする夢の光景。
そこにはもうモヤなんてなかった。
――赤子の俺を抱いて笑うサタナキア。
――少し成長した俺と一緒《いっしょ》に遊ぶサタナキア。
――そして俺と引き離《はな》され、顔をうつむけるサタナキア。
確かな記憶の名のもとに――
（俺は……ッ！）
やりたいようにやれよ。
じゃあ。
つまり。
見捨てていいわけが――
（――ないだろうッ！）
だから、動いていた。
憎《にく》むべき悪魔を助けるなんて、俺の矜持《きょうじ》からすれば論外なのかもしれない。

だけれど。

しかし。

（育ての親を――）

俺を愛してくれた存在を――

（――俺は決して……）

裏切れない。

刹那《せつな》を細かく切り分けて更《さら》に細切れにした一瞬《いっしゅん》よりも短い時間で、俺はサタナキアとグラシャ＝ラボラスの間に割り込んでいた。

そしてサタナキアの体を抱きとめ、

「サタナキアに死んでいただくと言ったな？」

「言いましたが？」

「むしろお前が死んだらどうだ？」

爆《は》ぜた。

俺の振《ふ》るった狙撃銃《そげきじゅう》の刺《し》突剣《とつけん》があまりにも速過ぎて、大気を歪《ゆが》ませ炸裂《さくれつ》させていた。

「やはり助けは入るものでありますな」

グラシャ＝ラボラスはこの状況《じょうきょう》を読んでいたかのように言って、バックステップで俺の

斬撃《ざんげき》を躱《かわ》したが——

（甘い）

俺は峻烈《しゅんれつ》に踏《ふ》み込《こ》み、シンプルに殴《なぐ》った。

単なる殴打《おうだ》だが、しかし——

握《にぎ》り締《し》めた拳を突《つ》き出した瞬間から、余波で地面がえぐれ、大気が乱れる。

グラシャ＝ラボラスはそれを避《よ》けきれず、掻《か》っ飛んだ。

「ぐぬぉ……！」

呻《うめ》きながら、岩壁《がんぺき》にぶつかった。めり込み、埋《う》まる。喀血《かっけつ》する。

その隙《すき》に俺はサタナキアをグラシャ＝ラボラスから遠ざけ、地面に降ろした。

「あんたは休んどけ」

「……なんじゃと？」

「対策されてる。時止め以外も完全にな」

「しかし……」

「いいから休んでろ。——教官、こいつを見張っていてもらえますか？」

「え、ええ、分かったわ」

グラシャ＝ラボラスの出現直後からずっとその気配に圧倒《あっとう》されていた教官が、ようやく

動き出してサタナキアのそばにやってくるが、

「面食い年増《としま》なんぞに見張られてたまるか」

「な、なんですって……？」

「あっち行けデカパイ。わしのテアに手を出しおって。しっしっ」

「あんたな……」

恐《おそ》らくは自分より弱い教官に守られる感じがイヤなのだろうが、わがままを言ってもらっては困る。

「いいから、教官に大人しく見張られてくれ。ここから動くな。グラシャ＝ラボラスは俺がどうにかする」

「むぅ……」

「そのあと、あんたと色々話をさせて欲しい」

「……積もる話じゃな」

「そしてこれからの話だ」

そう告げると、サタナキアは腕組《うでぐ》みしてその場に座り込んだ。

「ふんっ、良かろう。ならばあやつなどさっさと片付けてしまうがよいわ」

どうやら大人しく守られることを承諾《しょうだく》してくれたようだ。

ならばあとは――

「結構結構」

グラシャ＝ラボラスを……始末するだけだ。

「乳母《うば》と、それに育てられし子とが、十数年ぶりに手を取り合う。あぁ、なんと素晴《すば》らしき光景なのでありましょうか」

岩肌《いわはだ》に埋もれていたグラシャ＝ラボラスが体勢を立て直し、シルクハットを拾い上げながら呟《つぶや》く。陽気に呟いているようで、しかし――

そこには先ほどまでの、老紳士《しんし》然とした顔はなかった。

双眼《そうがん》に赤い燐光《りんこう》を灯《とも》らせて。

獰猛《どうもう》なまでに鋭《するど》く細めたその瞳《ひとみ》で俺を捉《とら》えて。

圧倒的な威圧感《いあつかん》をまとわせて。

そいつは言った。

「けれど――図には乗らないでいただこう」

消えた。

そして目の前に現れる。

拳法《けんぽう》を思わせる動きで、グラシャ＝ラボラスが突きを繰《く》り出してきた。

俺はそれを王翼《おうよく》を前方に持ってくることで防ごうとしたが、

（──っ⁉）

王翼がなかった。

六六六枚の王翼が背中から消えていた。

未展開状態。

（……なぜっ……）

困惑《こんわく》する俺に構わず、突きが伸《の》びてきて──俺を捉える。

顎《あご》をえぐられ、俺は宙に浮《う》いたが、再度王翼の展開を意識し、顕現《けんげん》させる。

させて、体勢を整えたのち、光条放射魔法による反撃《はんげき》を行なった。

しかしグラシャ＝ラボラスは似たような魔法を用いてそれを相殺《そうさい》させる。

（なんだったんだ……）

一瞬、王翼が消えたこと。

消えたというよりは、消された？

俺はグラシャ＝ラボラスを睨《にら》み付ける。

グラシャ＝ラボラスは不敵に笑っていた。

「不思議、ですかな？」

「……いいや」

俺は少し考え、否定を返答とした。

王翼が消されたのは恐らく――

「封印《ふういん》だな」

「さすがはテア様」

グラシャ＝ラボラスは大仰《おおぎょう》に拍手《はくしゅ》を行なった。

つまりは正解なのだろう。

――封印。

こいつは封印の使い手なのだ。

魔法や能力にも作用する封印の使い手らしい。

記憶《きおく》だけじゃない。

ただしサタナキアが取られた対策というのは、きっと封印とは別種だ。

「しかし驚《おどろ》きましたな。完璧《かんぺき》に封じたはずが、一瞬後には王翼を展開なされるとは。やはり醒血《せいけつ》の適合者と化したあなたにはろくすっぽ効かないご様子だ」

だが一瞬だけとはいえ、王翼を消されて弱体化させられるのは厄介《やっかい》だ。

そう考えていると、

「グラシャ＝ラボラスを見るな」

サタナキアがそう言って――

次の瞬間、グラシャ＝ラボラスが光条魔法をサタナキアめがけて放ったのが分かった。

余計なことを喋《しゃべ》るな、という牽制《けんせい》？

サタナキアはその魔法攻撃《まほうこうげき》を羽で防いでいた。グラシャ＝ラボラスの封印は、サタナキアの羽のような、元から生えているモノを封印することは出来ないらしい。

（……グラシャ＝ラボラスを見るな？）

サタナキアが言ったこと。

俺はそれを反芻《はんすう》させて、察する。

それはつまるところ、奴《やつ》自体が封印の術式……？

グラシャ＝ラボラスという存在を見るだけで、見た者に付随《ふずい》する様々な能力を封印することが出来る？

であれば、

（……見なければ――）

グラシャ＝ラボラスを目で認識《にんしき》しなければ、封印という厄介な能力は、

（――ないも同然）

俺は目を閉じる。
グラシャ＝ラボラスが強がったように笑う。
「ほう、それで我《わ》が輩《はい》とやり合えますかな？」
「なぜ出来ないと思う？」
図に乗っているのはどちらだというのか。
まだ不完全な自覚はあるが、それでも俺は六六六枚の羽を受け継《つ》いだ王の血統。
たかだか極星一三将軍《ノックスジェネラル》でしかない悪魔が、なぜ粋《いき》がっているのか。
俺は意識を集中させる。
視覚は捨てた。
その分、それ以外の感覚を鋭敏《えいびん》に研《と》ぎ澄《す》ます。
教官の気配。
サタナキアの気配。
そしてグラシャ＝ラボラスの気配。
目など使わなくとも、位置を読み取れる。
（そしてもっと……）
力を。

力を引き出せ。

王の力はこんなものじゃない。

こんな程度であるものか。

憎《にく》め。

恨《うら》め。

目前の敵は俺の思い出を奪《うば》い取った存在だ。

悪魔との思い出なんざどうでもいいのかもしれないが、それでもやはりサタナキアは俺にしてみれば育ての親。


（————）


帝都郊外《ていとこうがい》の森に捨て置かれた俺は、自分がなぜそこに居るのか分からなかった。

名前だけ覚えていて、それ以外の記憶はなくて。

それが怖《こわ》くて。

泣いていた。

自分は忌《い》み子《ご》、悪魔の子。

誰《だれ》にも望まれずに生まれてしまったのかもしれない。

誰にも望まれず、疎《うと》まれさえして、だから捨てられたのかもしれない。

そんな風に考えて、帝都をさまよっていたあの頃《ころ》。
それから孤児院《こじいん》に拾われて。
それから教官に出会って、俺はだいぶ救われて。
それでもなお埋まらない過去の思い出が、俺にいつも空虚《くうきょ》さを植え付けていた。
しかし今日、分かった。
俺の過去は決して空虚ではなかった。
愛してくれる者が居た。
自分の子ではないのに、ずっと想《おも》い続けてくれた者が居た。
またひとつ救われた。
過去が空っぽではないと分かっただけで、俺は幸せだった。
だから。
その幸せを与《あた》えてくれた存在を守るために、俺は――
(この戦いを……――終わらせる)
そのための力を引き出す。
王翼の新たな可能性が見えた。
――パージ。

六六六枚の王翼をすべて自分から切り離《はな》す。

魔力をまとわせ、そのまま自分のそばにキープする。

第三者からすれば、大量の木の葉をまとっているようにでも見えるだろうか。

「……何を、しておられる？」

警戒《けいかい》するようなグラシャ＝ラボラスの声。

それを無視して、俺は王翼の一枚一枚をグラシャ＝ラボラスに差し向ける。

王翼は硬質《こうしつ》ではないが、鋭い。

その先端《せんたん》をグラシャ＝ラボラスに照準させ、狙《ねら》う。

目を閉じていても、気配さえ分かれば外すことはありえない。

「──どこまでも付きまとう刃《やいば》の嵐《あらし》を味わえ」

「なるほど……これほどまでとは……！」

直後。

篠突《しのつ》く雨の如《ごと》く、王翼が一直線にグラシャ＝ラボラスを襲来《しゅうらい》し、そして──

「……終わったようじゃな」

サタナキアが俺の隣《となり》に歩み寄ってきた。

とある一点を見据《みす》えている。

俺もそちらを見やる。

そこには、王翼に切り刻まれた瀕死《ひんし》のグラシャ＝ラボラスが転がっていた。

もはや死の一歩手前。

剝《む》かれた果物のように全身の皮膚《ひふ》はもちろん羽さえも切り取られたその姿は哀《あわ》れとしか言えないだろう。

その惨状《さんじょう》を生み出した六六六枚の王翼はすでに展開を終了《しゅうりょう》させている。

戦いは終わっていた。

「がふっ……」

息も絶え絶えに血を吐《は》き出し、グラシャ＝ラボラスは俺に濁《にご》った目を向けてくる。

「さすがはテア様……。我が輩では相手にもならぬようでありますな……」

「答えろ。お前たち悪魔はなんのために俺を手放した？」

「さて……なんのためでありましょうな……？」

「はぐらかすつもりか？」

「くはは……理由など……後付け」

グラシャ＝ラボラスは意味不明なことをのたまう。

「すべての結果は……すでに決まっておりましてな……。それをなぞらえ、テア様は邁進《まいしん》なされる他《ほか》ありますまい……」

「……何が言いたい？」

「知らぬが仏……。けれど知るまでもなく、天命はテア様を求める」

ダメだ、訳が分からない。

だがこいつは何か重要な情報を持っている。

……死なない程度に治療《ちりょう》して捕縛《ほばく》し、協会の諜報《ちょうほう》機関に拷問《ごうもん》でも依頼《いらい》すべきか。

しかしそう考えた直後に、俺の思惑《おもわく》は早くも崩《くず》れ去ることになった。

「それではテア様……またいずれ、お会い致《いた》しましょう……」

ゆらりと。

幽鬼《ゆうき》の如く立ち上がると、グラシャ＝ラボラスは直後に全快した。

剝かれた皮膚が元に戻《もど》り、羽さえも生え揃《そろ》う。

「何……！」

「予定通りではありませぬが、これもまた予定通り。サタナキア卿《きょう》は差し上げましょう」

そうとだけ言い残し、グラシャ＝ラボラスは飛び去ろうとする。

回復の経緯《けいい》は分からないが――

「──逃《に》がすか！」

俺は王翼《おうよく》を展開し、追おうとする。

しかし──

「テア様、ここは見逃《みのが》していただこう。さもなくばそちらの女の記憶《きおく》をすべて封じてしまうがよろしいか？」

「くっ……」

教官の記憶を人質《ひとじち》に取られ、手出しが出来なくなる。

グラシャ＝ラボラスは笑った。

「そう、それでよろしい。卑劣《ひれつ》な交渉《こうしょう》は我が輩の趣味《しゅみ》ではありませぬが、こうでもしないと無事に逃げることが出来なそうでありますがゆえに、何卒《なにとぞ》ご容赦《ようしゃ》を」

──ではまたいずれ。

そう言って、今度こそ悪魔の老紳士《しんし》は飛び去っていった。

「……テアくん、ごめんなさい。私のせいで……」

「それは違《ちが》います……教官は何も悪くありません」

逃がしたのは癪《しゃく》だが、危機が去ったのだからこれはこれで構わない。

それより、あいつが全快したのはなぜだ……？

「自らの死を封印《ふういん》したようじゃな」

それはサタナキアの発言だった。

「……なんだって？」

「言葉通りじゃよ。あやつは自らの死を封印し、不死となったようじゃ」

なんだそれは……。

「ただし死の封印に魔力のほとんどを消費したようじゃから、この場は大人しく引いたのじゃろうな」

死を封印することによって死を逃《のが》れるとは規格外だ。

そのせいで情報源をひとつ失ったのは痛い。

だが、情報源はもうひとつある。

――サタナキア。

夢に出てきた乳母《うば》。

幼少期の俺を見守ってくれていた――育ての親。

「ま、グラシャ＝ラボラスを撃退《げきたい》出来ただけでも上出来じゃろう。ようやったわい」

そう言って幼い顔に笑顔《えがお》を貼《は》り付け、俺を見上げてくるサタナキア。

「聞きたいことがある」

「なんじゃ？」

「まず再確認《かくにん》だが……」

緊張《きんちょう》と共に尋《たず》ねる。

「あんたが俺の乳母、なんだな？」

「あぁそうじゃよ……赤子のお主を託《たく》され、ずっと面倒《めんどう》を見ておった」

サタナキアは懐《なつ》かしむように応じた。

「わしに子供はおらぬ。じゃからだろうか、お主はとても尊い存在に思えてな。手放したあとも、ずっとお主のことを考えておったよ。片時たりとも忘れたことはなかった」

「……そうか」

またどこか救われた気分で、俺は問いかける。

「あんたが……俺のために裏切ってくれたことは理解したが、ならさっき俺や教官と戦っていたのはどうしてだ？　知りたければ勝ってみせろ、と焚《た》き付けたのはなぜだ？」

「あれは単純に、お主らの実力を測ろうとしただけじゃ」

「じゃあその状況《じょうきょう》まで持ってくるのにもったいぶったのはなぜだ？」

「もったいぶったりしたかえ？」

「しただろ。俺を成長遡行《そこう》させてから今日まで何日かけた？　最初から味方だったなら、俺を成長遡行させたあの日の時点で、俺にすべてを明かしても良かったはずだ」

「確かにの。じゃが、それは難しかった」

「なぜだ？」

「……拒《こば》まれるのが怖かったんじゃ」

サタナキアは神妙《しんみょう》な表情で言った。

「わしの考え、立場を明かしたとして、お主が受け入れてくれる保証はなかろう？　じゃから、わしはお主の強化を優先させつつ——」

「いずれ打ち明けるための覚悟《かくご》を、決めようとしていたって？」

「その通りじゃ」

「……そうか」

わけもなく情報を引っ張っていたわけではなくて。

サタナキアはサタナキアなりに悩《なや》んでいたようだ。

すべてを明かし、その末に俺から受け入れてもらえるか否《いな》か。

拒絶《きょぜつ》されたらどうしよう——と、それはまるで告白前夜の乙女《おとめ》のように。

まさかそんなことで悩んでいたとは。

案外、普通《ふつう》の感性を持っているらしい。

「アホらしいな。俺はあの日の時点ですべてを明かされても、恐《おそ》らくは拒絶しなかった」

「じゃが、一〇〇%受け入れておったわけでもなかろう？　結果論で語るならば、これで良かったんじゃよ」

……それは確かにそうかもしれない。

「して、他にも何か聞きたいことはあるかえ？」

「ある」

一番重要なことだ。

「俺はなぜ人間領に捨て置かれることになったんだ？」

「それは……」

サタナキアは困ったように顔を伏《ふ》せた。

「あんたの意志ではないんだろう？　グラシャ＝ラボラスは未来のためと言っていたが」

「それはな、正直、わしにも分からんのじゃ」

「……分からない？」

「うむ。将来的にお主を手放すことは知っておった。しかしな、なぜ手放す必要があるのかは知らされておらなんだ。今も知らんし、わしは蚊帳《かや》の外と言えるのかもしれんな」

サタナキアクラスの悪魔《あくま》が蚊帳の外だと……？

「ま、じゃからこそ、わしは悪魔の陣営《じんえい》として居るよりも、それ以上に大切なモノを優先させることにしたんじゃがの」

そう言ってサタナキアが、しゃがめ、と言わんばかりに手をぱたぱたさせ始めた。

何事だろうかと首を傾《かし》げながら、俺は片膝《かたひざ》をついてしゃがんだ。

すると――

「よう育ってくれたな？」

「――っ」

サタナキアが、俺の頭を優《やさ》しく抱擁《ほうよう》してくれた。

いきなりのことに驚《おどろ》いたが、すぐに落ち着いて、俺は抵抗《ていこう》しようとは思わなくて。

「本当なら、お主を手放したくはなかったんじゃ」

「……。そうか……」

「じゃがな、当時のわしには逆らう勇気がなかった。お主と引《ひ》き換《か》えに、すべての悪魔を敵に回してもいいとは思えなかったんじゃよ、情けないことにの」

「……仕方ないさ」

「そんな考えが間違いだと気付いたのは、お主を失ってからじゃな。訳の分からぬ何かに翻弄《ほんろう》される運命を歩まされ始めたお主を、わしがあのとき保護して逃げていれば、こんなにもひねくれた再会にはならなかったのかもしれんわい」

「……自分を責めるべきじゃない」

サタナキアはきっと、何も間違ってはいない。

当時何も出来なかったのは仕方のないことだろう。何かひとつを選び取るために、それ以外のすべてを捨て去る覚悟なんて、そう簡単には決められない。

だからそれを悔《く》いる必要も、自責する必要も、ないはずだった。

「……わしを許してくれるんかえ？」

「そもそも怒《おこ》っちゃいない」

「……優しい子に育ったんじゃな」

「当時は優しくなかったのか？」

「いいや……ずっと優しい子じゃったよ」

そんなやり取りをしつつ、俺はサタナキアの胸に抱《だ》かれ続ける。

その一方で教官が――

「わ、私……先に帰った方がいい？」

そんな風に、とても居づらそうにまごまごとしているのだった。

終章　狭《せま》い家

その後、俺たちはグラシャ＝ラボラスとの遭遇《そうぐう》を報告するために葬撃士《そうげきし》協会帝都《ていと》中央支部に向かった。

サタナキアはもちろん一緒《いっしょ》ではなかったが、お別れしたというわけでもなく――

「行くあてがないなら、とりあえずうちに一泊《いっぱく》したら？」

という教官の言葉を受け入れ、教官の家に向かってもらった。

俺たちが帰宅する前に向かってもらったものだから、いきなりのサタナキア訪問にサラさんが大層驚いたそうで、その姿を是非《ぜひ》とも見てみたかったという思いがありつつも。

まあ。

何はともあれ。

――翌朝、だった。

俺は非常に寝苦《ねぐる》しい暑さを感じて目覚めた。夏場にもかかわらず季節外れの毛布をかけて寝たような、そんな蒸《む》すような暑さだった。

（なんなんだ一体……）

うっすらとまぶたを開けていく。

朝からこんなに暑いというのはありえない。

いきなり帝都の気候が熱帯化したというなら分かるが、それもありえない。

つまり、何か熱を持つようなモノが俺に密着しているのだろう。

（――まさか……）

ふと、脳裏《のうり》をよぎったひとつの可能性。

俺は仰向《あおむ》けに寝たまま、恐る恐る自分の胴体《どうたい》を確認した。

すると――

「――っ⁉」

やはり『それ』が居た。

一見すると人間の幼女にしか見えない存在。

しかし額に生えた二本の角と、背中に生え揃《そろ》うおびただしい量の羽が人間であることを否定する。

しかしそれは悪魔でありながら、俺のためにと悪魔の陣営を裏切った俺の育ての親。

元極星一三将軍《ノックスジェネラル》――サタナキア。

それが、俺の体に覆《おお》い被《かぶ》さるようにして眠《ねむ》っていたのである。

（こいつ……床《ゆか》の布団《ふとん》で寝ていたはずだが……）

教官の家は別に広いわけではないので、サタナキアの一泊は俺の私室を用いて迎《むか》えることになった。

結果として、こうして同じ部屋で眠っていたわけだが……。

（どうしてこうなった……？）

故意か？

あるいは単に寝相の悪さ？

どちらでもいいが、問題点がもうひとつあった。

（そもそもこいつ――なぜ服を着ていないんだ!?）

そう。

サタナキアは服を着ていなかった。

下着オンリーとかそういう話ではなくて、紛《まご》うことなき全裸《ぜんら》だった。

「んにゃ……？」

そんな折、サタナキアが目を覚ました。

のんきに目元をこすり、ふぁーあ……、とあくびをしたサタナキアは、

「ぬ……お主も起きておったか」

直後に俺と目を合わせ、むふん、と緩《ゆる》やかに笑った。

「おはようじゃな」

「挨拶《あいさつ》してる場合か！」

「……ぬ？」

「なぜ俺に覆い被さっているんだ！」

「あぁ、多分寝相じゃな」

「じゃあ服を着てないのは⁉」

「服？　おぉ、確かに着とらんな」

驚いたように言ったのち、サタナキアはにこりと笑った。

「ま、これも寝相じゃな」

そんな悪い癖《くせ》は教官だけにしてくれ。

「なんじゃ？　わしに裸《はだか》で乗られるのは迷惑《めいわく》かえ？」

「あ、当たり前だろ！」

「ほーん、この状況《じょうきょう》に照れておるんか？」

どこか挑発《ちょうはつ》的に呟《つぶや》きながら、サタナキアが俺の腹部に手を置きつつ、腕立《うでた》て伏せでもするようにして上体を起こした。

するると当然ながら、それまで見えていなかったサタナキアの前面が見えるようになる。

絹のような長髪《ちょうはつ》と差し込む朝日のまばゆさによって、危《あや》うい部位は偶発《ぐうはつ》的にも上手く隠《かく》されていたが、それにしたって肌色《はだいろ》が多いそんな姿を直視し続けることは難しく、俺は瞬《しゅん》時《じ》に目を背《そむ》けた。

「きひひ、愛《う》いのう」

「は、早くどけ」

「こんなババアの体に欲情したらダメなんじゃよ？」

「欲情なんかしてない！　いいから早くどけ！」

「ま、このへんにしといてやるかの」

サタナキアはそう言うと俺の体から降りた。床に脱《ぬ》ぎ散らされた衣類を身に着け、あっという間に、見慣れたゴシック調の黒いドレス姿となった。

「さて、お主もぼちぼちベッドから出たらどうじゃ？　二度寝はいかんぞ？」

「……言われなくともそうする」

俺はベッドから出て、寝巻きからの着替《きが》えを行なう。

「どれ、わしが手伝ってやろう」

「いい」

「子供の頃《ころ》はお主の方から手伝え手伝えとうるさかったんじゃがな」

「もう子供じゃない」

「いいや、子供じゃよ」

サタナキアは穏《おだ》やかな声だった。

「いつまで経《た》っても、わしにとってはの」

「ありがたいが……実の子じゃないのに、よく溺愛《できあい》出来るな」

「実の子じゃないからこそ、かもしれんな。色々と混ざっておるんじゃよ」

……そこは掘《ほ》り下げない方がいいように思えた。

「ところで……、あんたは俺の本当の母親については何か知らないのか？」

「すまんが、分からぬな。蚊帳《かや》の外のわしには」

「そうか」

乳母《うば》を任されていたサタナキアが蚊帳の外。

ルシファーは一体何を考えている……。

それから俺とサタナキアは、居間に向かった。

「テアくんおはよう。それにサタナキアも。よく眠れたかしら？」

居間には朝食の準備をしている教官が居た。

今日もこのあと依頼《いらい》をこなしに行くのだろうが、今はまだメイド服姿だった。

「ふんっ、わしに気安く話しかけるでないわ、面食いデカパイコスプレババアめ」

「な、なんですって……？」

「この子を取って食いおってからに。わしはまだ認めんし許さんからな？」

「な、なんのことよ！　取って食ってないから！」

「ふんっ、どうだかの」

腕組《うでぐ》みして鼻息を荒《あら》くするサタナキア。

……教官とは別ベクトルで俺に対して過保護だった。

「あっ、サナちゃんだ！　おはよっ！」

そんな中、俺たちに続いて起床《きしょう》してきたサラさんが、

「にひひ、今日も可愛《かわい》いねえ～！」

サタナキアに抱《だ》きついて頬《ほお》ずりを始めた……。

なんでも――、昨日俺と教官が帰宅するまでの間サタナキアと二人きりだったサラさんは、驚《おどろ》きつつも色々と話しかけてサタナキアとの仲を深めたらしい。

最上級悪魔《あくま》をものともしないあたり、サラさんはさすがだった。

とはいえ、仲を深められたと思っているのはサラさんだけであって、サタナキアはウザい人間じゃな……、とだいぶ辟易《へきえき》気味で、

「や、やめんか！　頬ずりはやめい！」

案の定、そんな反応を露呈《ろてい》させていた。

「いいじゃないの別にぃ～。私とサナちゃんの仲だしさぁ」

「サナちゃんと呼ぶでないわ！」

「にひっ、じゃあサナお義母《かあ》様でどうかな？」

「もっとイヤじゃ！」

……サタナキアをもてあそべるのは、世界広しと言えどサラさんぐらいだろうな。

なんというか。

いずれにせよ。

その後、教官による朝食の準備が完了《かんりょう》し、俺たちは食卓《しょくたく》を囲んでいた。

「まあまあじゃな」

教官手製の目玉焼きを食べながら、サタナキアが味の感想を言っている。

「しかしまだまだじゃ。この程度のモノをテアに食べさせるとは何を考えておるのか」

「ひ、酷《ひど》い言いようね……」

教官は多少落ち込んだように反応しつつも、直後には気を取り直してこんな疑問を口に出していた。

「ねえサタナキア、それよりあなた、これからどうするつもりなの？」

それは俺も気になっている。

もはや悪魔側に戻《もど》れるような身の上ではないだろう。

ならばこちら側に身を寄せて過ごすのが道理だと思うが、公《おおやけ》に姿を見せれば大変なことになるのは間違《まちが》いない。

それを避《さ》けるために、今のところサタナキアのことは報告していない。

完全に秘匿《ひとく》した状態だった。

「それに対する答えはひとつのみ」

これしかないと言わんばかりに、サタナキアは続けた。

「わしはテアのそばにおることを選ぶぞ。そのために悪魔を裏切ったんじゃからな」

「ここに居るということ？」

「そうじゃな。目障《めざわ》りなのが二人ほどおるが仕方あるまい」

「……追い出すわよ？」

「すまんかった」

割と素直《すなお》なサタナキアだった。

「まあいいわ……でも、ここに居るというのはちょっとキツいかもしれないわね」

「小さい家じゃしな」

「そういうことじゃなくて、その見た目でここに居られるといずれ誰《だれ》かに見られる恐《おそ》れがあるということよ。角と羽がある以上、あなたは世間的に見れば単なる悪魔でしかない。存在がバレたら厄介《やっかい》過ぎるわ」

「なら、これでどうじゃ？」

サタナキアはそう言うと、魔方陣《まほうじん》を展開し、自身になんらかの魔法をかけた。

途端《とたん》、サタナキアの肉体から二本の角と羽がすべて消え去り、人間の幼女にしか見えなくなった。

「ミミックほど姿を変幻自在《へんげんじざい》に変えることは出来ぬが、この程度なら可能じゃ。これなら恐らくは問題あるまい」

「……まあ確かに、それなら問題はないのかもね」

顔が知られている可能性もなくはないが、少なくとも一般《いっぱん》人はサタナキアの顔なんて知らないだろう。高位の葬撃士《そうげきし》が集《つど》うようなところに出向かなければ、これでひとまずは平気なのかもしれない。

「なら、わしをここに置いてもらうぞ？　よいな？」

「分かったわ……許可しましょう」

果たして教官はそう言った。

教官にとってこれは危険な橋だと思うが、恐らくは俺とサタナキアの関係性を尊重してこの決断をしてくれたのだろう。

本当に感謝しかなかった。

「教官、ありがとうございます」

「ううん、いいのよ全然（……私が本当に養いたいのはテアくんだけだけどね）」

「え？」

「な、なんでもないのよ？」

そう言って何かを誤魔化《ごまか》した教官をよそに、サタナキアが嬉《うれ》しそうな顔を覗《のぞ》かせる。

「のうテア、これでずっと一緒《いっしょ》に居られるぞ？」

「教官たちにあまり迷惑はかけないようにな」

「むぅ、こやつらの肩《かた》を持つんかえ？」

「別に持ってないと思うが……」

この親バカ的な思考は俺を想《おも》うがゆえなんだろうが、先々のことを考えるとどうにも不安だった。しかし過去の俺を支え続けてくれたサタナキアとまたこうして一緒に居られるのは率直《そっちょく》に言って嬉しい。

空白の十数年を埋《う》めるのは大変だと思うが——

(とりあえず、仲良くやれるように頑張《がんば》ってみるか)

※

「テアくんが嬉しそうで良かったわ」

私は誰にともなく呟《つぶや》いていた。

というか、この呟きは誰にも聞かれちゃいない。

だって外だし。

仕事に行く道すがら、独りごちただけのこと。

テアくんと、サタナキア。

育ての親に出会えたテアくんは、表面上は少し無愛想に見えるけど、それはまさにそう見えるだけ、なんだと思う。

自分の親に日頃《ひごろ》の感謝を伝えるのが恥《は》ずかしいのと一緒で、サタナキアへの気持ちは言葉にしていないだけ。

育ての親と再会出来たんだから、嬉しくないわけがないのよね。

（まあ私にとってはいい迷惑《めいわく》な気もするけど……）

だってサタナキアってテアくんの母親みたいなモノであって。

私からするとそれって要するにお姑《しゅうとめ》さんみたいなモノであって。

早速《さっそく》目玉焼きの味とかにぐちぐち言われちゃったし、ちょっとやんなっちゃう。

ここ最近の家事炊事《すいじ》への頑張りがなければ、もっと酷いことを言われていたんでしょうね。はあ、鍛錬《たんれん》を積んできて良かったわ。

「でも……家事炊事ばかりにかまけてもいられないのよね」

昨日のグラシャ＝ラボラスとの戦闘《せんとう》で、私はなんの役にも立てなかった。

自分の力の無さを思い知った。

いや、もっと前から思い知っている。

アガリアレプトにさえ手も足も出なかった私。

《六翼《ろくよく》》の位階をもらっているけど、やはり隔《へだ》たりがある。

《七翼《ななよく》》の怪物《かいぶつ》たちとは、隔たりがある。

テアくんを筆頭にして、《七翼》の葬撃士たちは誰も彼もが人外だ。
私も、その領域にたどり着かなければならない。
そうしなければテアくんと並べない。
並ぶ資格がないように思える。
（……今のままじゃ、テアくんとの将来なんて夢のまた夢でしかないわ）
対等な存在でありたいから、このままじゃいられない。
家事炊事の次は強さを求めないとダメね。
はあ……テアくんと恋仲《こいなか》になれるのなんて一体いつの話になるのか分からないけど、
「でも、絶対そうなれるように私は頑張るっ！」
ファイトよミヤ！　と自分に言い聞かせつつ、私は今日も依頼《いらい》をこなしに向かう。
さてさて、依頼なんてサクッと終わらせてしまいましょうか。
早く帰ってテアくんのお顔が見たいものね。

あとがき

三巻です！　三巻まで出す、というのはプロになったあとに成し遂《と》げたい目標のひとつでしたので、これが結構嬉《うれ》しかったりします。三巻まで出せれば、これは完全に個人的な考えですが、なんとなく「シリーズ」と呼んでもいい規模になると思っているからです。一巻のみだとシリーズではないと思いますし、二巻までだと少し寂《さび》しいといいますか、これが三巻までになってくると「お、続いたな」と一読者視点でそう思うんです。

ともあれ、三巻です。この原稿《げんこう》、実は2巻の発売よりも前にほぼほぼ完成していたんですよね。夏真っ盛りの頃《ころ》、それこそ甲子《こうし》園《えん》が始まる前にはすでに提出していました。お蔵入りにならなくて本当に良かった……。皆《みな》さんにお届け出来てホッとしております。

さて、この巻ではいわゆるロリババアが結構な尺を取って登場するわけですが、皆さんはお好きでしょうか？　この作品は現実世界ではなくファンタジーな異世界が舞台《ぶたい》ですので、新しい年上ヒロインを出すのであればそういう色を濃《こ》くしていきたいと思っているところはあります。たとえば獣人《じゅうじん》のお姉さんとかいいと思いません？　考えると夢は膨《ふく》らみますが、その膨らんだ夢を現実に落とし込めるかどうかはまた別のお話だったりします。

……いや、ゴリ押しすればイケるかも？

いずれにせよ、今巻はロリババアのお話でした。ロリババアは長生きな分色んなバックグラウンドを持たせやすいので、キャラクターとしての作り込みや表情が豊かといいますか、どの作品を見渡《みわた》しても良キャラが多い気がします。そんな良キャラ群の中にサタナキアも食い込んでいけるといいなあ、なんて思ったり思わなかったり。

そしてミヤも相変わらず頑張《がんば》ってくれたはずです。日常における成長は目をみはるものがあるのではないかと。他のヒロインたちも騒《さわ》がしいですし、思っていた以上に賑《にぎ》やかになってきた感があります。もっともっと楽しくしていきたいですね。

では謝辞をば。今巻の出版に携《たずさ》わってくださった皆さん、ありがとうございました。特に小林《こばやし》ちさとさんには本当に感謝しております。毎度毎度新ヒロインの造形を考えるのは大変だと思いますが、今後もお付き合いいただけると嬉しい限りです。

読者の皆さんもありがとうございました。

それではまたいずれ、お会い致《いた》しましょう。

神里大和《かみざとやまと》

富士見ファンタジア文庫

甘《あま》えてくる年上教官《としうえきようかん》に養《やしな》ってもらうのはやり過《す》ぎですか？３

令和２年１月20日　初版発行

著者——神里大和《かみざとやまと》

発行者——三坂泰二
発　行——株式会社KADOKAWA
〒102-8177
東京都千代田区富士見2-13-3
0570-002-301（ナビダイヤル）
印刷所——暁印刷
製本所——BBC

ISBN978-4-04-073481-1 C0193

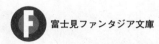

この少年、
神々の子につき
羽田遼亮
ill fame
神々に育てられしもの、最強となる
A boy raised by gods will be the strongest.
神々の住む山——テーブル・マウンテン。
その麓に捨てられた赤ん坊は、神々に拾われ、
ウィルと名付けられるが……。
「この子には剣の才能がある、無双の剣士にしよう」
「いいえ、この子は優しい子、最高の治癒師にしましょう」
「いや、この子は天才じゃ、究極の魔術師にしよう」
剣の神、治癒の神、魔術の神による英才教育を受け、
神々をも驚愕させる超スキルを修得していくウィル。
そんなある日、テーブル・マウンテンに、
ひとりの巫女がやって来て……。
すべてが規格外な少年・ウィルの世界を変える旅が始まる！